小説

シリョクケンサ

-僕が歩んできた道-

ShiryokuKensa

Novel

BASED ON STORY BY 40MP, WRITTEN BY CHANO,
ILLUSTRATED BY TAMA.

目次
TABLE OF CONTENTS

【プロローグ】

空を見上げると、眩《まぶ》しい光で目が眩《くら》んだ。
あの飛行機《ひこうき》は僕の行ったことがない遥か遠くの国へ向かっているのだ。
さよなら。
小さく呟《つぶや》くと、僕はその飛行機が見えなくなるまでずっと眺めていた。

第 1 章

始まりの合図

「鈴木《すずき》翔平《しょうへい》です。よろしくお願《ねが》いします」

高校生活1日目。

僕は県内でも有名な進学校に入学した。

受験《じゅけん》勉強は少し大変だったが、無事この学校の制服に袖《そで》を通すことができたのは、純粋に嬉《うれ》しかった。

クラスでは定番の自己紹介が進んでいた。

僕はごくごく簡単《かんたん》に自己紹介を済ませると、さっさと次の人へバトンを渡した。

自己紹介を聞くクラスメイトたちは、誰《だれ》と友達になれそうか考えているようだった。

僕にはそんな積極性《せっきょくせい》はない。

むしろ、地味に目立たず高校3年間を過ごしたいと願っていた。

だから他の生徒の自己紹介にはあまり興味《きょうみ》を持てず、肘《ひじ》をついて外を見ていた。

グラウンドは広く空は青かった。

桜は残念ながら散っていた。

しかし、グラウンドの周りに並ぶ桜は、葉桜のピンクと緑が鮮やかで、とても美しく感じた。

この景色をこれから3年間見て過ごすのか。

僕がそんなことをぼんやり考えていると、ホームルームを終えるチャイムの音が鳴った。

「よし、自己紹介はこれで終わりだな。明日《あした》から一応授業が始まるからな！」

担任の言葉にクラス中がざわめいた。

「まぁそうは言っても、最初は各先生の挨拶《あいさつ》がほとんどだ。厳《きび》しい先生だと授業も始まるが、覚悟して学校来いよー！」

冗談《じょうだん》めいた言い方をする担任に、ホッとする女子生徒たちと、早く解放してほしい男子生徒たちの声が教室内を満たしていた。

「じゃあ挨拶をしよう。まだクラス委員も決まってないから、出席番号……最後のやつ！　山本《やまもと》～！　号令かけろ～！」

こういう時、出席番号の1番の生徒を指名することが多い。

1番の相沢《あいざわ》という生徒は号令をかける気でいたし、最後の山本という生徒はそんなこと気にも留めずに前の席の生徒と話をしていたものだから、相沢も山本も驚《おどろ》いて目を見開いていた。

なかなかおもしろい担任に当たったようだ。

「起立！　礼！」

山本の慣《な》れない号令を合図に、クラス中が友達作りの場に変わっていった。

「なあ、翔平って呼んでいいか？」

突然声をかけられ、ビックリして振り返ると、そこには愛想のよさそうな少し幼い顔立ちの男子生徒が立っていた。

自己紹介などほとんど聞いていなかったから、名前が分からない。

「あ……あぁ、いいけど……。そっちはなんて呼べばいい？」

とりあえず名前が分からないということはばれないよう誤魔化《ごまか》した。

「俺《おれ》？　自己紹介で言ったぜ！　健太《けんた》とかさえけんとか呼ばれることが多いな！」

聞いていないことがあっさりばれていたようだ。

僕は苦笑いをして頭を掻《か》く。

「すまん。自己紹介って苦手でほとんど聞いてなくて」

佐伯《さえき》健太はあまり気にしていないようだったが、僕は一応謝《あやま》っておいた。

「気にすんな！」

そう言いながら、健太は僕の肩をぽんぽんっと叩《たた》くと、風のように去っていった。

あまりにも短い会話だったせいか、健太がここにいたのがまるで幻のようだった。

健太はそんな僕を気にする様子《ようす》もなく、新たな友達を作ろうとクラス中を歩き回っていた。

同じ中学から来た人もいるようで、男女お構いなしに仲良くなっている健太の姿は、僕には到底真似《まね》できない分、少し眩《まぶ》しく感じられた。

「さて、帰るか……」

呟《つぶや》きながら、先生に配られたプリントをカバンに押し込み、ふっと息を吐《は》いて席を立つ。

教室内では、まだ友達作りに花を咲かせているクラスメイトたちが大勢残っていたが、そんな彼らを尻目《しりめ》に、僕は下駄箱《げたばこ》に向かった。

新しい教科書、新しいノート、新しい学生カバン、新しい制服と靴。

何もかもが新しい今日《きょう》は、なんだか少しだけ清々《すがすが》しかった。


「ただいま」

静かに扉を開ける。

カチャリと鍵《かぎ》を閉めると、玄関の定位置に鍵をぶらさげた。

新しい革靴は少し硬く、靴擦《くつず》れができてしまった。

どこかに絆創膏《ばんそうこう》は残っていただろうか。

僕は、そんなことを考えながら家に上がった。

「おかえり、翔平」

奥の部屋から母の声が聞こえる。

母はここのところ少し体調《たいちょう》を崩していた。

本当は今日の入学式も出席する予定だったのだが、どうしても熱《ねつ》が引かず家で休んでいた。

「ごめんね、翔平……」

わざわざ起き出して玄関まで迎えに来た母の顔色はまだ悪く、無理をされると心配になる。

それに、謝られるようなことをされた覚えはない。

高校生にもなって、入学式に親が来られるのは、正直少し恥ずかしい。

「何も悪いことしてないのに謝らなくていいよ」

母を気遣《きづか》う言葉の一つでもかけられればいいのだが、残念なことに口から出てくるのは無愛想《ぶあいそう》な言葉だけだった。

「母《かあ》さんは寝てなよ。今夕飯作るから……」

自分なりに今言える精一杯の優《やさ》しい言葉を使うと、母の返事を待たずに台所へ向かった。

材料は学校帰りにいつものスーパーで買っておいた。

今日は、鶏雑炊《とりぞうすい》だ。

小学生の頃《ころ》から家事全般をこなしていた僕にとって、中でも料理は一番の得意分野だった。

買ってきた骨付きの鶏肉を鍋《なべ》に入れると、火を点けて出汁《だし》を取り始める。

鍋が沸騰《ふっとう》するまでの間に、他《ほか》の食材を冷蔵庫に仕舞い、鍋の火を弱火にしたところで、僕はようやく着替えるために台所を離れた。


僕には父がいない。

父は、僕が小学生の時、飛行機事故で亡くなってしまった。

事故は、パイロットである父の操縦《そうじゅう》ミスが原因だったと報じられた。

その報道のせいで、母も僕も酷《ひど》い迫害を受けることとなった。

家には中傷の手紙が毎日届き、非難《ひなん》の声や無言電話も続いた。

近所の人は聞こえるように僕らの悪口を言い、常に白い目で僕らを監視《かんし》しているように見えた。

辛《つら》い日々ではあったが、当時住んでいた家は父との思い出が詰まったマンションだったから、母も僕もその家を離《はな》れたくなかった。

だからこそ、近所の人の目も、中傷の手紙や電話も我慢し続けた。

しかし、その日は突然訪れた。

僕は、その時の母の言葉を未《いま》だに忘れられないでいる。

「ごめんね、翔平。この家から引っ越さなくちゃいけなくなったの……」

まだ小学生だった僕を抱き締めながら、母は一晩中泣き続けていた。


引っ越しを決めた原因は、母の仕事にあった。

母は小学校の先生をやっていた。

事故当時、母が勤務している小学校が自宅から少し離れていたこともあり、父の過失だという報道がすぐに母の仕事に影響することはなかった。

しかし、僕の同級生が塾《じゅく》で言いふらし、同じ塾に通っていた母の学校の生徒に知られてしまったため、あっという間に、生徒たちの親の耳にも届いてしまった。

保護者《ほごしゃ》たちが学校へ押し寄せ、「あの事故のパイロットの奥さんが先生だなんてどうかしてる！」というクレームが多数入ったらしい。

幸い、校長や教頭は母を噂《うわさ》に惑わされることなく、母の人柄やこれまでの実績《じっせき》を認めてくれていたし、小学生の子を持つ母親であることを心配し、庇《かば》ってくれていたようだった。

しかし、保護者たちを納得させるのは校長でも難《むずか》しかった。

校長は、我が家の事情を理解し助けてくれる校長がいる隣県の小学校を探し、転勤先として提案してくれた。

僕らがそれを拒否できるわけもなく、ほどなくして引っ越すこととなった。

そんなわけで、小学生の時に今のマンションに引っ越してきた。

以前は母と分担して家事をこなしていたが、母は新しい学校の環境《かんきょう》に馴染むのに苦労していたようで、なかなか家事にまで手が回らなくなっていった。

疲弊していく母を見ていた僕は、自然と家事を手伝うことが増え、気付くと家事のほとんどを僕一人でこなすようになっていた。

小学生の僕には洗濯機《せんたくき》も台所のシンクやコンロも高さが合わず、家事をする時は踏み台が欠かせなかった。

最初こそ不便に感じることも多く、一人《ひとり》で家事をすることに寂しさを覚えることもあったが、毎日繰り返しているうちに、いつの間にかそんなことを感じることもなくなっていった。

ただ、父の生前より母の帰宅はずっと遅くなり、夕飯を一人で食べることも増え、なんとなく心にぽっかりと穴が開いたような虚《むな》しさに襲《おそ》われていた。

父がいなくて寂しい。

母が一緒にいてくれなくて辛い。

そんな気持ちを母に伝えようと何度も思ったが、一人歯を食いしばってがんばっている母の背中に弱音を吐けるわけもなく、僕はぐっと言葉を飲み込むしかなかった。

父が亡くなるまでは、両親共に多忙な中でも家族全員で食卓を囲む機会はあった。

たまにしかなかったものの、家族三人で食べるご飯はどんな食事よりも美味しく感じられた。

父が休みの日は一緒に風呂《ふろ》に入ることもあった。

少し恥ずかしかったが、普段一緒にいられない分、僕は父との風呂遊びが楽しみで仕方がなかった。

母はそんな僕たちの姿を見て、いつも嬉《うれ》しそうに微笑《ほほえ》んでいたように思う。

父も母も僕も、あの頃は本当に幸せだった。

しかし、あの事故で僕らの生活は一変してしまった。

母も、僕も、あの日から人生が変わってしまったのだ。

トントントン。

仕上げの葱《ねぎ》を切る音で母が起き出した。

「母さん、寝てなよ」

僕は振り向くこともせずに言った。

「いい匂《にお》いがしてきたから……。もう大丈夫よ。心配かけたわね」

いつもの母は弱音を口にすることなどなかった。

だから、そんな弱気な言葉を聞くのは気が滅入《めい》った。

まるで重い病気を患《わずら》っているように感じてしまうのだ。

「じゃあもうできるから、そこに座ってて」

僕は持っていたおたまでダイニングを指すと、母が座ったのを見届けてから、先に温めておいたお湯でお茶を淹《い》れる。

母の前に緑茶を置くと、母は嬉しそうにありがとうと呟いた。

母がゆっくりと緑茶を堪能《たんのう》している間に、用意しておいた食器に雑炊を注ぎ、昨日作り置きしておいたひじきを冷蔵庫から取り出した。

食卓に雑炊とひじきを並べると、先に食べてと声をかける。

「美味しそう。いただきます」

母の嬉しそうな声を聞きながら僕はキッチンに戻り、鶏の唐揚げを作り始めた。

「入学式はどうだった？」

背後から母の声が聞こえた。

「うん、別にいつも通り」

適当に答えてから、入学式にいつも何もないことに気が付き、なんだか気恥ずかしくなった。

「お友達は？　できた？　担任の先生はどんな感じ？」

小学校の先生をしているとは言え、母も僕のことになると母親の気持ちになってしまうようだ。

高校生にもなって友達のことを心配するのもおかしな話だと思うが。

「そういえば担任はちょっと変わってたかな」

号令のエピソードを話すと、母はクスッと笑って、私もそれ使ってみようかなと呟いた。

母は本来なら、今年《ことし》も小学校のクラス担任を受け持つ予定だった。

しかし、春休みに入った頃から体調を崩し、定期的に通院する必要に迫られてしまった。

主治医と相談した結果、担任を持つのは体的に負担が大きいことから、体調を整えることを優先し、担任は他の先生方にお任せすることになったとのことだった。

「で？　母さんは今日病院行ったの？」

もう少し優しい言い方はなかったのだろうか。

自分自身に問いかける。

心の中には母に優しくしたいという気持ちがあるものの、口から出てくる言葉はぶっきらぼうなものばかりだった。

世の男子高校生が優しい言葉で母を気遣うことができるものなのかは甚《はなは》だ疑問ではあるが。

「今日は点滴してもらったよ。手術は今月末だし、体調を整《ととの》えておかないとね……」

僕は自分のために作った唐揚げを持って母の向かい側の席に座った。

母はもうすでに食べ終わったようで、冷めたお茶を飲んでいた。

完食とまではいかないものの、雑炊もひじきも半分以上食べられたようで、僕は幾分ホッとした。

「お茶、淹れるよ」

精一杯の優しさを言葉で表現し、母の湯呑みを持ってキッチンへ戻る。

もう一度お茶を淹れて母に渡すと、嬉しそうにお茶を飲み始めた母の傍《そば》で僕は遅れて食事を食べ始めた。

母の病気は、現段階なら手術でどうにかなるらしかった。

僕も唯一の身内として主治医と話をさせてもらったけれど、とても親身になってくれるいい先生だと感じたし、術後の経過をしっかり見ていけば大丈夫だと信じることが出来た。

だから、手術そのものよりも、病気のことで母が幾分落ち込んでいるように見えることのほうが気になっていた。

何度も母を励《はげ》まそうと思ってはみたものの、今の僕では気の利いた言葉も見つからない。優しく接しようと試みても、気恥ずかしさが勝《まさ》ってつっけんどんな態度になってしまう。母を目の前にすると、僕の心の中では毎回そんな葛藤《かっとう》が繰り広げられていた。

「母さん、お茶は？」

湯呑みが空になっていることに気付き、もう一度声をかける。

母は小さく首を振った。

おそらく、僕が食事を終えるまで食卓を離れないのだろう。

一緒にご飯を食べる時は、お互いが食べ終わるまでなんとなく同じ場所に居続ける。

それが我が家では当たり前になっていた。

母と共に食事ができる機会はそう多くはなかったので、母にとっても僕にとっても大切な家族の時間だったのだ。

それでも、母に見守られながら食事をするのはなんとなく居心地が悪く、僕は急いで雑炊と揚げたての唐揚げ一気に頬張《ほおば》った。

「アチッ」

うまくできた唐揚げは、嚙《か》んだ瞬間《しゅんかん》に肉汁が口の中に広がり、そのあまりの熱さに声が出てしまった。

母は驚いて、冷蔵庫から冷たい麦茶を持ってきてくれた。

「ありがとう」

それで口の中を冷やす。

結局、やけどしてしまい、ゆっくりしか食事ができなくなってしまった。

まったく逆効果である。

「そうだ。今週末からバイトするから」

僕はさらっと伝えた。

母はゆっくりと顔を上げ、少し考える素振りを見せてから答えた。

「お母さんが仕事ちゃんとできないから……」

そんなことを言い出すと予想はしていた。

「母さんのせいじゃないよ。高校入ったらバイトするって前々から考えてたし」

実際、母の状況を見てバイトをすることを決めたのは確《たし》かだった。

母が体調を崩したことはただのきっかけに過ぎない。

今まで母がどれだけがんばって僕を育ててきてくれたのか、多少なりとも分かっていたからこそ、
高校生になったらバイトを始めて、少しでも母の負担を減らしたいと思っていた。

入院費、手術代もバカにならない。

保険や貯金があるにせよ、母が何も心配せずに体を治すことに専念できたらいいと思っていた。

「ほら、隣《となり》の駅に僕がよく行くカフェがあるの、知ってるだろ？　あそこのマスターがバイト募集

してるって言うからさ」

そう言うと、ごちそうさまと手を合わせ、食器を片付けに席を立った。


話は中学2年の頃に遡《さかのぼ》る。

僕は、当時付き合っていた彼女の誕生日《たんじょうび》プレゼントを買うため、隣の駅前にあるおしゃれな通りを歩いていた。

そこは、小さな店が立ち並ぶ少しおしゃれな場所だった。

僕は彼女の好みそうな物を探していたのだが、そもそも彼女がどんな物を好きなのか、考えれば考えるほど分からなくなっていった。

結局、通りの終わりが見え始める頃には、彼女の誕生日プレゼントをこの通りで探すこと自体を諦めていた。

無難に大手の雑貨屋へ行って、女の子が好きそうなキャラクターグッズでも買うか。

そんなことを考えながら惰性《だせい》で歩いていると、おしゃれな店がなくなり、いかにも昔からあるような金物屋さんや年配の方向けの洋服屋さんが目につき始めた。

ここらで引き返すか……と思った時、目の前に少し異質な店が見えた。

外観《がいかん》はレンガで装飾が施され、二階部分は長く伸びた蔦《つた》で覆われていた。

いかにも古めかしい印象ではあったが、決して「昭和《しょうわ》時代」を連想させるような店構えではなく、どちらかといえば、ロンドンの古い街並みに似合いそうな雰囲気だ。

とは言うものの、当然僕はロンドンに言ったことなどない。

なぜ、ロンドンっぽいと思ったのかというと、実は店の看板を見たからだった。

そこには「WATOSON《ワトソン》」と書かれていた。

直感的に、シャーロック・ホームズを思い出した僕は、その店がホームズの住んでいたロンドンの街角にあるように見えた気がしたのだった。

正直、外から見ているだけではなんの店だかよく分からない。

ただ、外観から醸《かも》し出されている雰囲気と店名に惹《ひ》かれた僕は、勇気を振り絞ってその店の扉を開けた。

カランカラン。

軽快なベルの音が鳴り響くと同時に、店内に充満していたコーヒーの香りが漂ってきた。

目の前には可愛《かわい》らしく美味しそうなケーキが並んでいた。

店内は少し薄暗く、テーブル席が3つ、カウンターに5~6席しかないこぢんまりとした印象だ。

各テーブルの上に置かれたアンティーク調のランプが間接照明の役割を果たしていた。

中学生が一人で入るような店ではない。

すぐにそう感じて引き返したくなった。

しかし、カウンターの中にいるマスターらしき人と目が合ってしまった。

「どうぞ。いらっしゃい」

四十代半《なか》ばだろうか？

優しそうなその男性に興味を持ち、指し示されたカウンターの一番奥の席にゆっくりと腰をかけた。

間違えました！などと言って即座に店から出てもよかったのだが、美味しそうなケーキとコーヒーの香り、それにマスターの優しそうな笑顔に負けてしまった。

「初めて……ですね。こんなに若い子が来ることはほとんどないので、一度でもいらっしゃったことがあれば覚えているはずですが……」

マスターは気を遣ってくれたのか、僕に話しかけてくれた。

「あっ、初めてです……。偶然この店を見つけたもので……」

僕は緊張しながらもマスターとの会話を続けた。

「そうですか。ぜひ、ゆっくりしていってくださいね。コーヒーとケーキにこだわった店ですので……」

マスターは低く柔らかい声でそういうと、ケーキセットのメニューを広げてくれた。

すぐに目に飛び込んできたのは、左下に描かれたホームズのシルエットだった。

やはり、店名のワトソンはホームズからとったのだと分かり、僕は内心大喜びだった。

何を頼もうか……。

これからもう一度彼女への誕生日プレゼントを探しに行かなければいけない。

金額的な不安が頭をよぎったが、その不安もすぐになくなった。

ちょうどランチタイムが終わったところで、ケーキセットがお手頃な価格で提供されていたのだ。

コーヒーもケーキもいくつか種類があり、僕は何を選べばいいか悩んでしまっていた。

「お決まりになりましたか？」

少し時間を置いてから、マスターが僕に声をかけてきてくれた。

「あっ、じゃあケーキはこのチョコレートを。コーヒーはオススメでお願いできますか？」

内心の動揺を隠しつつ、精一杯大人《おとな》ぶって注文をした。

注文を聞いたマスターは、低く優しい声でかしこまりましたと応えると、すぐにコーヒーを淹れる用意を始めた。

豆を缶から取り出し、小さな古めかしい機械の上部にある筒のようなものの中に入れるとすぐに、大きな音が店内に響き渡る。

時間にしたら数秒だろうか。

音が止まると、マスターはその機械の下側にある引き出しを開けた。

どうやら、先ほど入れた豆を機械で挽《ひ》き、粉状になったものが入っているらしい。

その粉を茶こしのような形の布に入れた。

コンロに置かれた注ぎ口の細長いポットから沸騰を知らせる湯気が上がると、マスターはそのポットをそっとコンロから下ろした。

後から知ることになるのだが、豆を挽いた機械を電動ミル、茶こしのような布袋をネル・フィルターと言うらしい。

これはネルドリップと呼ばれるコーヒーの淹れ方である。

マスターは左手にコーヒーの粉が入ったネル・フィルターを、右手にポットを持ち、コーヒーの粉を中央から螺旋《らせん》を描くように少しずつ注いだ。

お湯を吸った粉が風船のように盛り上がってくる。

さらに全体にお湯を少しずつ注ぎ続けると、コーヒーの最初の1滴が下にある小鍋のようなものに落ちた。

徐々にお湯の量を増やしながら、フィルターへお湯を注いで行くと、小鍋には見慣れたコーヒー色の液体が溜まっていく。

いつの間にかコーヒーの芳醇《ほうじゅん》な香りが立ち上がっている。

たった1杯のコーヒーを淹れるのに、こんなに手間がかかるということを知らなかった僕は、マスターの洗練された動きに見とれていた。

「お待たせしました」

マスターの声で我に返ると、目の前に美味しそうなチョコレートケーキと、先ほどのコーヒーが並べられていた。

「いただきます」

コーヒーにそっと口をつける。

甘い香りがスッと広がり、ほどよい温かさのコーヒーが喉《のど》を通過するとき、さらに濃い香りが鼻の中に舞《ま》い上がってきた。

今まで自分が飲んでいたコーヒーとは比べ物にならない。

「こういうコーヒーは初めてなのかな？」

笑みを浮かべてさりげなく訪ねてきたマスターに、僕は黙って頷《うなず》くしかなかった。

コーヒーの余韻を楽しみながら、僕はチョコレートケーキをゆっくりとフォークで切り崩す。

口に運ぶと、ほどよい甘さのチョコレート味と、コーヒーの酸味と苦みが混ざり合って、美味しさが倍増した。

ケーキをこんなに美味しいと感じるのも初めてのことだった。

食べ終わってしまうのが惜しいと思いつつ、どんどんと口に運んでしまった。

頃合いを見計らったかのようにマスターが奥から出てきた。

「ごちそうさまでした」

僕は一息ついて手を合わせた。

「美味しかったかい？」

相変わらず優しく低い声でマスターが声をかけてくれる。

「はいっ。今までこんなに美味しいコーヒーもケーキも口にしたことはないです」

正直な感想を口にした。

マスターは小さく微笑んだ。

「それは嬉しいね。機会があったらまたいらっしゃい」

僕はカップに少し残っていたコーヒーを飲み干すと、伝票を持ってレジに向かった。

店を出る時、ありがとねとマスターが微笑みながら僕を見送ってくれていた。


それからというもの、僕はワトソンの常連になっていった。

どうやら、この店には常連がいくらかいるようだった。

僕が行くのは、決まって土日の暇な時間で、僕を含めてだいたい2~3人の常連が銘々《めいめい》の定位置に座っていた。

決して口数は多くないマスターだが、それでもコーヒーとケーキの味、そして店の雰囲気に魅了された人たちが集まっていた。

僕はいつも、初めて来た時と同じカウンターの奥の席へ行き、バスケの雑誌を読みながら、ゆっくりコーヒーとケーキを堪能していた。

たまにマスターと交わす会話や本当にわずかな言葉から、マスターの人柄がよく感じられた。

そして、何よりもマスターが自分で仕込んでいるというケーキが絶品だった。

どのケーキもクリームは甘すぎず、さっぱりと食べられるものばかりだった。

僕はほぼ全てのケーキを食べ尽くしたが、いちばん好きなケーキはやはり初めてこの店に来た時に食べたチョコレートケーキだった。

ほろ苦いチョコレートのクリームと、柔らかいスポンジが層になっているこのケーキは、普通のケーキ屋で買うどのケーキよりも美味しいと思う。

こんなに美味しいケーキが自分で作れたら……。

そんなことを思うようになっていた。


僕が中学を卒業する間近、ワトソンはそのケーキの美味しさから、「隠れた名店」としてテレビで紹介された。

取材は頑《かたく》なに拒否していたマスターだったが、噂によると可愛い姪《めい》に強く説得されて承諾《しょうだく》したようだった。

予想通り店は大盛況になり、僕ら常連たちは自分の定位置が確保《かくほ》しづらくなっていた。

当然僕の特等席もなかなか空かない。

もともと小さな店だ。全席が埋まるのは簡単なことだったのかもしれない。

ある時、マスターは僕にボソッと呟いた。

「さすがに一人じゃあこの店も大変になってきたよ……」

僕にとっては、渡りに船だった。

もうすぐ中学を卒業する。晴れてバイトができるようになるのだ。

何より、あの美味しいケーキの作り方とコーヒーの淹れ方を少しでも知りたかった。

「マスター。バイトとかは雇わないんですか？」

僕はドキドキしながら聞いた。

「バイトねぇ。募集して選考するのにも時間がかかるからなぁ」

マスターはコーヒー豆の買い付け、ケーキの仕込み、店の全てを一人で賄《まかな》っていた。

確かに、面接などは大変だ。

「僕……もうすぐ高校に入るんですけど、お手伝《てつだ》いしましょうか？」

ちょっと控えめに言ってみた。

自分で言ってから、バイトがやりたいってもっと強く言うべきじゃないかとか、なんか上から目線になってないか？とか、少しやきもきしながらマスターの反応を見た。

マスターは少し驚いた後、何かを考え込んでいた。

「確かに君はうちの味を知っているし、いいかもなぁ」

それからしばらく、マスターは僕のコーヒーを淹れながら思案しているようだった。

でき上がったコーヒーを僕の目の前に置くと、マスターが僕に話しかけた。

「鈴木くん、厨房《ちゅうぼう》とかできるかな？」

僕は、待ってました！とばかりに自己アピールをし始めた。

「僕んち、前にも言ったように母子家庭なんで、家事全般を僕がやってるんです。洗い物とかは得意ですよ。それに、ここのケーキもコーヒーも大好きだから、作り方や淹れ方を覚えたいななんて……」

マスターはまた少し考え込んでから答えた。

「それじゃあ、今度履歴書《りれきしょ》を書いて持ってきてもらってもいいかな？　こちらも準備が必要だから、鈴木くんが高校に入学したら、休みの日にバイトしてもらおうか」

マスターのその言葉に、僕は胸を躍《おど》らせた。

それでも嬉しい気持ちを隠して、冷静を装って返事をした。

「はい。今度持ってきますね！　ぜひよろしくお願いします！」

こうして僕のバイト先は予想外に簡単に内定したのだった。

僕は夕食の洗い物をしながら、ワトソンとの出会いを思い出し、少しくすぐったい気持ちになっていた。

母はそんな僕を心配そうな顔をして見ていた。

「大丈夫だって。今度母さんも来てみれば」

僕は洗い物を終えると、母にお茶を淹れ、自分の湯呑みを持って部屋に戻った。

入学式があった週の土日から、僕は早速ワトソンでバイトを始めた。

生まれて初めてのバイトだ。

緊張《きんちょう》もあったが、お客の半分はいつもの常連さんだから、少し安心できた。

それに店のことは、客として隅々まで知っている。

値段やメニューも、自然に覚えていたのですぐに記憶《きおく》できた。

僕は厨房の洗い物だけでなく、ウェイターやレジなど、できることはなんでも挑戦させてもらった。


「おはようございます！」

バイト2週目。

ワトソンの勝手口から挨拶をしながら店内に入った。

店内は既に電気がついており、見知らぬ女性がコーヒーを飲みながらマスターと話をしていた。

歳《とし》は僕より少し上くらいだろうか。

圧倒的な美人というタイプではなかったが、ほんわかとした雰囲気は女性的な魅力を感じさせた。

開店前にお客さんかと思い、急いで用意をしようとすると、マスターが僕に声をかけた。

「鈴木くん、紹介するよ。僕の姪」

マスターは、隣の女性を少し僕のほうに押し出した。

「あっ、前野香澄《まえのかすみ》といいます」

女性はそう言うと、ペコリと小さくお辞儀《じぎ》をした。

「鈴木……翔平です……」

僕は小さく会釈し、マスターを見た。

姪ということは、例の取材を受けるよう強く勧《すす》めたという彼女かな。

僕はそんなことをぼんやりと思い出していた。

「香澄はね、去年から製菓の専門学校に通ってるんだ。それで、僕のケーキを学びたいなんて言うんでね」

去年から専門学校ということは、僕の4つ上ということだ。

そんな歳上には見えない。

正直、高校生でもおかしくないと思った。

「それで、鈴木くんと香澄の二人《ふたり》でバイトを切り盛りしてもらおうと思ってるんだ」

マスターはそう言うと、細かいバイト内容の説明を始めた。

僕は彼女と一緒にバイトをすることになるようだ。

「分かりました。よろしくお願いします！」

精一杯の笑顔を作って彼女と握手を交わした。

香澄は見た目以上におっとりタイプで、ウェイターやレジはあまり得意ではなさそうだった。最初は僕が厨房の予定だったのだが、結局香澄が厨房に入り、僕がウェイターやレジをやることになっていた。

厨房の仕事も好きだったのだが、ウェイターとして接客をするのも勉強になったし、常連の人と簡単な言葉を交わすことができるのでさほど不満はなかった。

僕がオーダーを通すと、オーナーがコーヒーを淹れ、香澄がケーキを準備した。

持ち帰り客には、僕がレジで応対している間に香澄がケーキを包んでくれていた。

この店で3人は多いんじゃないかな？なんて最初は思っていたが、徐々に3人のバランスがちょうどいいとさえ思えるようになっていた。

「香澄も鈴木くんも、いつもありがとな」

マスターは店の片付けをしながら声をかけてくれた。

「こちらこそ、楽しいですよ！」

僕は精一杯の笑顔で答えた。

事実、マスターと香澄と3人で店を切り盛りするのは、無理に働かされているという感覚が全くなかった。

「いつも鈴木くんに助けられてるのよ」

香澄はそう言って、ありがとねと呟いて僕の頭をポンと撫《な》でると、厨房の片付けに向かった。

香澄のそういう言動に、僕はたまにドキッとする。

まだ高校1年の自分には、ちょっと刺激《しげき》が強かった。


「なあ、翔平。部活どうするよ?」

健太は相変わらず馴《な》れ馴《な》れしく僕に話しかけてきた。

入学式以来、僕は何故《なぜ》か健太に気に入られたらしく、ことあるごとに声をかけられ、一緒にいることが増えていた。

「健太はバスケだろ?」

僕はあっさり言った。

健太がバスケ部に入りたいというのは、周りに話しているのを聞いて分かっていた。

中学でバスケに熱中していた僕としては、そんな健太の純粋さを少しうらめしく思っていた。

「お?　翔平分かってんじゃん。お前は?」

健太は意地でも僕の部活を知りたいらしい。

「俺は部活入らないよ。バイトしてるし」

幸い、ここは帰宅部を非難するような学校ではなかった。

そもそも進学校だから、部活に精を出すより塾へ通う人のほうが多いというのが実態である。

「部活入らないのかよ――。バイトったって土日だけだろ?」

健太が食い下がる。

「平日もいろいろ忙しくてな」

母のことを話すほど、健太とはまだ親しくない。

それに平日もバイトになるかもしれないのだ。

だから、曖昧《あいまい》に答えた。

「おっ、忙しいって女か?」

健太は相変わらず単純である。

それしかないのかと思ってしまう。

しかし否定するのも面倒《めんどう》だ。

そのまま手をヒラヒラと動かし、健太を追い払った。

健太はニヤニヤしながら、バスケ部の見学に向かった。

僕も荷物をまとめ、さっさと教室を後にする。


実は今日から母が入院するのだ。

手術は明後日《あさって》。

しばらく入院生活が続く母のために、気が紛れるものを何か買っていってあげようかと思い、学校帰りに本屋に寄った。

しかし、母の好む本が分からない。

まずは平積《ひらづ》みになっている小説をパラパラと読んでみる。

文字が小さいと目が疲れるだろうか？

そんなことを考えていると、ポンと肩を叩かれ、驚いてカバンを足の上に落としてしまった。

「イテッ」

声が出てしまったことが恥ずかしくなる。

「だ……大丈夫？　鈴木くん」

僕を驚かしたのは香澄だった
僕はカバンを拾い上げると、恥ずかしくなって俯《うつむ》いた。

「ごめんね、驚かしちゃったみたいで……」

香澄は本当に申し訳なさそうな声を出した。

「いや、大丈夫です。いくらビックリしたからってカバン落とすとかないですよね」

僕は精一杯強がって言った。

それにしてもこんなところで香澄に会うとは思わなかった。

バイトの時にしか顔を合わすことがなかったから、僕はコック帽をかぶった凜々《りり》しい香澄しか見ていない。

今日はベージュ地にピンクの小花が散りばめられた女性らしいワンピースを着ていた。

正直、可愛いなと反射的に思ってしまい、今度はドキドキする自分の心臓《しんぞう》の音に気づかれはしないかと気が気ではなかった。

「こんなところで何してたの？」

それは、僕が聞きたいことだったのだが。

実は母のことはマスターにしか話していない。

少し悩んだが、母の好む本を香澄なら選べるかもしれないと思い直し、僕は香澄に母の話をした。

立ち話にしては少し重い話だったが、香澄は嫌《いや》がらずに耳を傾けてくれていた。

「それで、今日から入院するんで、母が好きそうな本を買おうと思って物色してたんです。でも何が好きか分からなくて……」

香澄は神妙な表情で話を聞いていたが、しばらくすると次々と質問してきた。

「家事全般はお母様が？」

「いや、うちは僕が全部やってるから……」

ふむふむと顎《あご》に手を当て、料理本はないなと小声で呟く。

「お仕事してたっけ？　何してらしたの？」

「小学校の先生だよ」

なるほどねと手を組みしばらく考えている様子だった。

「家にいらっしゃる時は何してるのかな？」

「最近は寝てることが多いから、テレビ観てるとかかなぁ」

僕の受け答えに、さらに質問が続く。

「テレビは何を？　ワイドショー？　サスペンス？」

「ああ、そういえば2時間ドラマとかよく観てるかも」

香澄はそこでポンと手を叩き、僕の手を引いて別の棚へ移動した。

「絶対とは言いきれないけど、文章を読むのがお好きだったら、例えば海外サスペンスなんてどうかな……」

そう言うと、その棚から香澄がいくつか選んで僕に渡した。

しばらくその場で悩んでいると、香澄はまた僕の手を引いて、別の棚へ向かった。

先ほどから自然と手を握られているのだけれど、僕は何故か一人でドキドキしていた。

そんな場合じゃないはずなのに……。

「それか、少し精神的に落ち込んでるって言ってたから、こういう本もいいかも」

そこには、可愛らしい装丁《そうてい》の本が並んでいた。

『落ち込んだ時に読む本』『あなたの言葉が私を救った』などなど。

ちょっと直接的すぎやしないかと思ったが、手術前ならこういう本のほうが前向きになれるのかもしれないと思った。

僕は無言でいくつかの本を手に取り、ゆっくり読んでみた。

その中に、僕の好むあっさりとした装丁の本がある。

家族、友人、上司、そういった人々からかけられた、忘れられない言葉が収録《しゅうろく》された本のようだ。

文字も少し大きめで読みやすい。

さっと読み進めていくと、ふと目にとまった言葉があった。

『息子《むすこ》の寝顔を見て、この子が生きていることが嬉しい』

もしかしたらありがちな言葉なのかもしれない。

でも、母親の気持ちを垣間見《かいまみ》た気がして、胸が少し苦しくなった。

次の章は逆に母親に向けての言葉だった。

『母さんがそこにいて、笑っていてくれればそれでいい』

そう書かれていた。

そして、補足のように投稿者《とうこうしゃ》のコメントがあった。

投稿者の母親は脳卒中で倒れてしまい、半身不随、言葉も上手《じょうず》にしゃべることができなくなってしまった。

そのために自分を卑下《ひげ》し続けていた母親に対し、父親がかけた言葉とのことだった。

その家族の気持ちや愛情が、たった1行の言葉に詰まっている気がして、僕はうっかり涙ぐみそうになった。

本についているしおりをそのページに挟み、手にした本を買うことに決めた。

香澄はずっと隣にいて、別の本を見ているようだった。

「ありがとう。いい本を見つけられました」

僕は香澄にお礼を言った。

香澄が持ってきてくれた小説は、術後元気になったら読んでもらおうと思い、一旦《いったん》棚に戻し、僕はレジに向かった。

「そういえば、香澄さんの用事はなんだったんですか？」

僕のレジ並びに付き合ってくれている香澄に声をかけた。

「あっ、忘れてた！　ちょっと見てくるね」

香澄は急いで別の本棚へ向かった。

僕の質問は宙に浮いたままになってしまった。

会計が終わり辺りを見渡すと、香澄がレジに並んでいるのが見えた。

このまま会釈して帰ろうかとも思ったが、僕の買い物に付き合ってくれた香澄にキチンとお礼を言わなければと考え直した。

「何買うの？」

香澄の後ろから手元を覗《のぞ》き込むように声をかけた。

「ひゃっ！」

香澄は驚いて買おうとした本を落としてしまった。

「あっ、ごめんごめん」

僕は笑いながら、香澄が落とした本を拾った。

その本はやはりというべきか、コーヒー豆の本とお菓子の専門書だった。

拾った本を重ねて渡すと、少し顔を赤らめた香澄が「ありがと」と言った。

4つも年上なはずなのに、香澄のこういう仕草《しぐさ》は本当に可愛らしい。

「香澄さん、今日はこのまま帰るんですか？」

僕はもう少し香澄と一緒に話がしたいと感じていた。

香澄は時計《とけい》を見ると、少し考えてから答えた。

「今日はこの後おじさんのところに行くだけかな」

おじさんとは当然マスターのことだ。

バイトかな？　と思ったが、確か今日はシフトに入っていなかったはずだ。

「バイト……ではないですよね。おじさんに会いに？」

何か理由があるのかと不安になり、ちょっと詮索してしまった。

僕が何かよからぬことを考えていると察したのか、香澄は笑って答えた。

「違う、違う。コーヒー飲むついでにこの本、読もうと思っただけよ」

香澄はそう言うと、ちょうど会計の順番になったので僕の傍から離れていった。

しばらく会計中の香澄を目で追う。

会計が終わった香澄は、当たり前のように僕のところへ戻ってきた。

僕はたったそれだけのことがなんだか嬉しい。

「ワトソン行くのかー。ちょっと香澄さんとお茶でもしようかなと思ったんですけど、二人でワトソンはなんとなく行きづらいですよね」

僕がそう言うと、香澄もクスッと笑って言った。

「そうね。じゃあすぐそこのカフェでお茶しようか」

香澄はこの辺りをよく知っているのだろうか。

おしゃれなカフェへ僕を案内してくれた。


店内はナチュラルな木でできた素朴な感じのカフェだった。

メニューを見ると、スイーツがたくさんと紅茶が置いてあるようだった。

「ここは紅茶なんですね」

香澄は頷いて言った。

「そうなの。おじさんのところはコーヒーだけでしょう？　紅茶が飲みたい時はここへ来るの」

そう言いながら、香澄は店員を呼びオーダーしてくれた。

僕は何も言っていなかったのにちょっと食べたいと思っていた苺《いちご》タルトを注文してくれていた。

「苺タルト、好きでしょう？　鈴木くん好きそうだから勝手に決めちゃった。ごめんね」

香澄が僕の顔を覗き込むように見る。

正直ありがたかった。

こういう時決めるのが苦手だ。

バイトの時も、終わった後にコーヒーとケーキをいただくことがあるが、毎回選ぶのが苦手でお任せしていた。

香澄はそんな僕のことを見ていてくれたのだろう。

その優しさと気配りが少し嬉しかった。

「むしろありがたいですよ。スイーツも紅茶も、選ぶの苦手だから……」

香澄は少しホッとした表情をして微笑んだ。

今までバイト先で見ていた香澄は、少し不器用でおっとりしたお姉《ねえ》さん。

でも、今日はちょっと違う感じがする。

少しおっちょこちょいで、いたずら好きで、でもすごく優しい女の子だった。

4つも年下の僕が可愛いなんて言ったら失礼かもしれないが、本当に可愛いという表現が似合うなと思った。

それに、香澄が頼んでくれた苺タルトはワトソンのそれとはまた違った美味しさがあった。

アールグレイの紅茶もこんなにちゃんとしたものを飲んだことがなかったから、こっちも新しい発見だった。

「ワトソンでコーヒーを飲んだ時も驚きましたけど、ここの紅茶も本当に美味しいですね」

感動してありのままを言うと、香澄は自分が褒《ほ》められたように喜んだ。

「そうなの。ここの茶葉はすごく美味しくてね……」

そう言うと、香澄は紅茶の茶葉について話し始めた。

僕には少し難しかったが、それでもとてもおもしろかったし、勉強にもなった。

今度母に美味しい紅茶を淹れてあげよう。

そんなことを考えるほどだった
それにしても、紅茶について話をしている香澄はとても生き生きしていて、見ているこっちが楽しくなってくる。

「あっ、ごめんね。話、おもしろくなかったよね」

香澄はある程度話し終わったところで我に返ったようだった。

「いえいえ、おもしろかったですよ。ぜひ今度美味しい紅茶の淹れ方を教えてください」

僕が言葉を返すと、香澄は胸を撫で下ろしたようだった。

ふと時計を見ると、母を病院へ送る時間が迫っていた。

「香澄さん、今日は本当にありがとうございました」

僕は帰る準備をしながらお礼を言った。

そんな僕を見て、香澄が少し残念そうな顔をしたように見えた。

「今日は母を病院へ連れていかなくちゃいけなくて……。今度バイト以外で、また一緒にご飯でも行きませんか？」

僕は思いきって誘ってみた。

香澄と一緒にいると楽しいなと感じていたから、もう一度この楽しい時間を過ごしたいという純粋な気持ちから出た言葉だった。

「お母様を大事にね。またご飯しましょ。おじさんには内緒《ないしょ》ね！」

香澄はそう言ってから、軽く指を口に当て内緒のポーズをしてみせた。

こういうところが可愛いんだよなぁ。

僕はちょっとドキドキしながら香澄と連絡先を交換して、お互いの家路についた。

第 2 章

一歩前へ

家に帰ると、母は準備を整《ととの》えて待っていた。

「遅くなってごめん」

僕が謝《あやま》ると、母はううんと首を振った。

「何か嬉《うれ》しいことでもあったの？」

突然母が聞いてきた。

いつも通りにしていたつもりだけれど、母には何か察するものがあったようだ。

「なんでもないよ。ほら、これ買ってきたから」

僕は、カバンの中から今日買った本を出して、母に渡した。

綺麗《きれい》に包装されたその小さな本を、母は驚《おどろ》いた顔で受け取ると、大事そうに胸に抱いて一言「ありがとう」と呟《つぶや》いた。

母を守らなければ。

強くそう思った。

タクシーを呼ぶと、二人《ふたり》で大学病院へ向かった。

入院の手続きをし、母の個室へ向かう。

母は既にパジャマに着替えていた。

場所が病院だからなのか、母のパジャマ姿が重病人のように感じて少し落ち込んだ。

少しすると、顔を出してくれた主治医から手術までの過ごし方を説明される。

相変わらず丁寧な話し方でとても分かりやすく、安心感を与えてくれた。

手術日は、明後日《あさって》の土曜日《どようび》。

僕は一日病院で付き添う予定だ。

当然ワトソンは休むことになる。

母の手術前なのに、そういえば次に香澄《かすみ》に会えるのは来週になるのか……なんて不謹慎《ふきんしん》なことを考えていた。

主治医が去ると、僕は面会時間いっぱいまで母の傍にいた。

いつも通っている病院とはいえ、入院するのは初めてだった。

僕は院内案内図を見て、「コンビニなんてあるのか」「コーヒーショップもあるなんて便利だな」

などと独り言を呟いていた。

「翔平《しょうへい》、しばらく一人《ひとり》だけど大丈夫？」

母はこの期《ご》に及《およ》んで僕の心配をしていた。

「別に平気だって。それより母《かあ》さんこそ手術に向けて体も気持ちも前向きにならないと」

僕が励ますと、母は先ほどあげた本を取り出した。

「さっき少しだけ目を通したんだけど、素敵《すてき》な本ね。翔平の言う通り、前向きにならなきゃ」

母はそう言って小さく微笑《ほほえ》んだ。

僕は本を広げて読み始めた母の横に座り、そっと窓の外を眺めていた。

ふと携帯が震《ふる》える。

幸い、個室の病室内は携帯が使えた。

こっそり見てみると、香澄からメールが届いていた。

『さっきは楽しかったよ！　お母様は大丈夫？　次のワトソンはいつになるのかな？』

簡単《かんたん》だが、香澄らしいメールだなと思った。

『こちらこそ、楽しかったです！　ありがとう。母も本を気に入ってくれました。ワトソンは来週の土曜日には行けるかもしれないかな』

お互い当たり障りのないメール。

それでも、香澄からのメールが嬉しかったことをなんとか隠して返事をしたつもりだった。

何故《なぜ》隠さなくちゃいけないのか、自分でも心当たりがあるだけに少し気恥ずかしかった。

「あら、翔平。女の子からのメール？」

母が本から顔を上げ、僕のほうを見ていた。

自分でも顔が赤くなるのが分かる。

「そんなことはどうでもいいんだって」

うまく否定することもできない僕を見て、母は内心全《すべ》て分かっているような表情をしながら、うんうんと頷《うなず》いた。


次の日、学校へ行くと健太《けんた》が近寄ってきた。

「なあ、翔平。週末暇か？」

相変わらず唐突な男だ。

「いや、週末はちょっと用事があって……」

僕は適当に誤魔化《ごまか》した。

本当ならバイトと言っておけばよかったのだが、嘘《うそ》をつくのはなんとなく後ろめたく感じていた。

「そうか。なんかあるんだな……」

健太は意外にも追及せず、かといってがっかりした様子もなく、こちらを何やら気遣《きづか》っているようだった。

何も話していないことが少し申し訳なくなる。

「なんだよ、週末になんかあんの？」

そのまま話を終わらせてしまうのは気が引けるので、会話を続けてみた。

まだ母の話をする気持ちにはなれない。

でも、健太はおそらく好意で話しかけて、誘ってくれているのだ。

それを無下《むげ》にはしたくなかった。

「ちょっとな。翔平が忙しいならいいよ」

健太は答えを濁《にご》すと、チャイムの音を聞きつつ急いで席へと戻っていった。

なんだろう。

逆に気になってしまう。

健太が正直に理由を話さないなんて、これまでの印象とは違う。

もやもやした気持ちを感じたものの、それ以上に気づいたことがあった。

僕がいつも曖昧《あいまい》に返事をしている時、健太は常にこのもやもやと闘っていたのではないかということだ。

今まで適当に誤魔化して答えていたことを反省した。

別に健太が嫌いなわけではない。

ただ、他人にプライベートな話をするのが苦手なだけだった。

そんな僕の事情すら話していないのだから、健太としては毎回もやもやさせられていただろう。

それでも何度となく僕に声をかけてくれる健太は、むしろ聖人なんじゃないかとさえ思えてきた。

午前の授業が終わると、僕は珍しく自分から健太に声をかけた。

「健太。今日《きょう》昼飯は？」

健太は驚いて振り向いた。

なんだよ。

ちょっとニヤけた顔しやがって。

嬉しそうにされると、こっちはどういう顔をすればいいのか困ってしまう。

「おう。今日はバスケの昼練見に行くから急ぐけど、一緒《いっしょ》に見に行くか？」

健太は買ってきたらしいパンをカバンから取り出すと、体育館《たいいくかん》のほうを指さした。

「そうか。そうだな。特に用もないし、一緒に見に行くよ」

そう言うと、作ってきた弁当を取り出した。

近くの机を繋《つな》げる。

二人向かいあう形になった。

なんだか気恥ずかしい。

「お前、弁当なんだな。優しい母さんでうらやましいよ」

健太としてはごく当たり前の感想なのかもしれないのに、僕は返答に一瞬《いっしゅん》迷ってしまった。

いつも通り誤魔化してしまおうと思ったが、さっき考えすぎたせいか、罪悪感が頭をもたげてくる。

「あっ、ああ……」

健太はなんとなく気まずい空気を察したようで、わざとそれに気づいていないそぶりでパンを食べ始めた。

また嫌《いや》な気持ちにさせてしまったのではないか。

僕は焦りを覚えた。

そもそも、健太は既に僕の性格をある程度理解して、あまり強く聞き出さないように気を遣ってくれている節がある。

そんな健太を目の前にして、自分のダメさ加減に嫌気がさしてきた。

しかし、今は自分を反省している場合ではない。

目の前に健太がいるのだから、話せることは正直に話さなければ……。

「ごめん。あんまりちゃんと話せなくて……」

結局真意が伝わらない、意味不明な言葉が飛び出した。

健太は目を見開いて僕の顔を見ていた。

「どうしたんだ？　急に」

まるで何も気にしていないような健太の表情が、僕の気持ちを少しだけほぐしてくれた。

「いや、いつも曖昧にしか返事してなくて……。さっきお前に曖昧な返事されたら、すげーもやもやしたからさ」

なんとか正直に思ったことを言ってみた。

健太は少しニヤけながら頷いた。

「いや、別にいいよ。俺、結構ズケズケ人の聞かれたくないこととか聞いちゃうみたいでさ、中学の時も女子にこっぴどく叱《しか》られたことあるんだよ」

どうやら中学の時、女の子に好きな相手が誰《だれ》かを追及しすぎて、その友人たちに相当怒られたらしい。

何故なら、その女の子は健太のことが好きだったからだ。

健太はそのことを後から知って、自分の無神経さをさすがに反省したらしい。

「姉《ねえ》ちゃんにもいっつも怒鳴《どな》られてるよ」

なるほど、姉がいるのか。

だから女子生徒とも分け隔てなく接することができるんだな。

「お前、姉貴がいるんだな、っぽいけど」

そう口にすると、健太は「だろー？　よく言われるよ」と答えた。

「俺《おれ》はさ、母親と二人なんだ。父親は小学生の時に事故で亡くなってってさ」

僕は思いきって話せそうなことだけ言ってみた。

言葉に出すと、やはり少し重たい気がする。

健太の反応が怖くて、つい弁当箱を見ながら話してしまったから、顔を上げるタイミングが見当たらない。

「そうか……。大変だな」

健太は月並みな感想を口に出した。

僕はふと顔を上げ、健太と目を合わせてみた。

思ったよりも苦しくも辛《つら》くもない。

健太の表情が憐《あわ》れみを含んでいなかったからなのか。

軽蔑《けいべつ》の眼差《まなざ》しではなかったからなのか。

僕が勝手に怖がっていただけで、信頼できる人に話すのはそんなに怖いことではないのかもしれないと思った。

ただ、やはり心の奥底には本当に人を信じていいのか、疑問に思う自分自身がいた。

僕はそんな自分を隠すかのように話し始めた。

「まあ、だから、家事とかは俺がやってるんだよ。この弁当も自分で作ってきたんだ。恥ずかしいだろ」

思春期の男子高校生が家事を全部やって弁当まで作ってるなんて、正直恥ずかしい以外の感情はない。

女子生徒にはもちろん、男子生徒にも先生にもできれば知られたくない。

「えっ、それお前が作ってるのか？　すげーな！」

健太は素直に感動していた。

ちょっとそれをくれよと言いながら、僕の弁当箱に入っている少し甘めの卵焼きをつまんで食べる。

「美味《うま》いなー。マジ美味い。うちの母ちゃんより翔平のほうが料理上手《じょうず》なんじゃないか？」

健太は本当に美味《おい》しそうに食べ、僕のことを尊敬するように見る。

やはりどこか気恥ずかしいが、それでも自分の作った料理を褒《ほ》められるのは嬉しい。

「口に合ってよかったよ。でも恥ずかしいから人には言うなよ」

なんとなく口止めすると、健太は神妙な顔つきで「分かってるよ」と頷いた。

「その代わり、たまにその弁当つまませてくれよな。美味いんだよ、お前の弁当」

健太はどんなに図々《ずうずう》しいお願《ねが》いでも許してしまうような笑顔で条件を出してきた。

この甘え上手なところは、女子にもモテる要因だろうな。

僕はそんなことを考えながら弁当を食べ始めた。

「それで？　週末は何があったんだ？」

なんとなく先ほどの疑問をもう一度ぶつけてみる。

別にそんなに気になっているわけではない。

しかし、僕自身のことを話せたこともあり、少しだけ健太の話にも突っ込んでやろうと思ったのだ。

「いや、ちょっとさ、彼女が翔平と会ってみたいっていうから、ダブルデートでもしようかなと思ってな」

これはまたぶっ飛んだ話だ。

「ダブルデートって誰と誰だよ。お前と彼女はいいとして、俺は誰と行くわけ？」

僕は健太に正当な反論《はんろん》をぶつけたつもりだったが、健太は逆にキョトンとしていた。

「えっ、翔平彼女いないのか？　お前は絶対いると思ってたよ」

なるほど。

僕に彼女がいると勘違いしていたのか。

「今はいないよ」

僕はそっけなく答えた。

別に気にしてもいないし、彼女が欲しいとも思っていない。

「今はってことは、昔はいたってことだよな？」

しまった……。余計なことを言ってしまったか。

健太はキラキラした目で話を聞きたそうにしていた。


健太に変なことを聞かれたので、僕はふと初めて付き合った彼女のことを思い出した。

あれは中学2年の夏だった。

夏休みの熱気《ねっき》がこもった体育館で、僕はバスケの練習に汗を流していた。

ふと見上げると、体育館の上にある通路に女子生徒がたくさんいるのが目に入った。

バスケ部はいわゆるイケメンな先輩《せんぱい》がたくさんいるからだ。

女子生徒たちはお目当ての先輩に声援を送りながら、恋の話に花を咲かせているようだった。

僕はというと、恋愛には全く興味《きょうみ》がなかったから、単なる景色《けしき》の一部としてしか認識《にんしき》していなかった。

恋愛に興味がないというと、まるで思春期特有の照れ隠しのようにも聞こえるだろうが、僕の場合はそういうものではなかった。

小学生の頃も、バレンタインなどでワイワイ楽しそうにしている同級生たちを見て、なんとなく冷めた気持ちになっていた。

そもそも友人というものも、あまり踏み入った関係の人はおらず、クラスで孤立することはないにせよ、親友という概念自体を理解できずにいた。

それは中学に入ってからも変わらず、結局人に対してあまり深く関《かか》わりたくないというのが僕の性格なのだと納得していた。

幼い頃はもう少し天真爛漫《てんしんらんまん》だったような気がするが、こういう性格になったきっかけをあえて挙げるとするなら、やはりあの飛行機事故だろうと思う。

あの時に、それまで信じていた全ての人間に裏切られたと感じ、それ以来、心から人を信用できなくなったような気がする。

いつの間にか体育館のライトが点灯していた。

バスケの練習も一段落し、明日の予定について監督《かんとく》が話している。

皆、月末に控えた県大会に向けて闘志《とうし》を燃《も》やしているようだった。

「それじゃ、明日も朝10時集合ということで。では、解散！」

キャプテンが号令をかけると、各自片付けを始めた。

僕は手持ちのタオルで汗を拭《ふ》いていたが、夏ということもあり、いくら拭《ぬぐ》っても汗が引く感覚がなかったため、頭から水でも浴びようかと水道のある手洗い場に向かって歩いていった。

「あの……」

体育館の扉を出てすぐのところにある手洗い場に辿《たど》り着く少し手前で、小さな女子生徒がいるのが目に入った。

僕は自分が声をかけられるなんてこと全く想定していなかったので、最初は後ろに先輩でもいるのだろうと思って素通りしようとしていた。

「あの！　鈴木《すずき》先輩！」

彼女は先ほどより少し大きな声で、今度ははっきりと僕の名前を呼んだ。

女子生徒に呼び止められたことで、僕は少し挙動不審《きょどうふしん》な態度を取ってしまっていた。

「何？」

動揺していることに気づかれないよう、あくまでも自然に答えたつもりだった。

タオルを握る手はジワリと汗ばんできた。

「あの……。先輩、彼女いますか？」

女子生徒は小さくて可愛《かわい》らしい雰囲気だった。

明らかに小動物系の彼女の見た目からは想像のつかない言動に、僕は戸惑っていた。

女の子なのに一人でそんなことを聞きにくるなんてすごいな……。

他人事《ひとごと》のように、僕はそんなことを考えていた。

「えっ？　いない……けど……」

この流れは告白だよな。

どう考えても逃げ場はない。

いくら恋愛に興味のない僕でも、それくらいは気づくことができた。

実はこういうことは初めてではなかった。

中学に入り、運動部で汗を流していれば、多かれ少なかれこういう経験《けいけん》はあるものなのだろう。

「あの先輩のこと好きです。付き合ってもらえませんか？」

その小動物のように可愛らしい彼女は、勇気を振り絞るように声を出した。

それでも、しっかりと僕の目を見て、ハッキリと自分の気持ちを言えるというのは、彼女の芯《しん》の強さなのだろうと感じた。

「あの……さ……。なんで俺なの？」

僕は素朴な疑問を口にした。

今までの告白ではすぐに断っていた。

そもそも人と付き合うという行為に興味がなかったからだ。

でも、今日はなんとなく話を聞いてみようと思った。

結果としては断る予定なのだから、彼女にとっては迷惑以外の何物でもなかったが。

「実は私、一度先輩に助けていただいたことがあるんです」

彼女は語り始めた。

彼女が入学してすぐの頃、校内で迷ってしまっていた彼女を、僕が目的地まで案内してあげたという話だった。

確《たし》かに言われてみれば記憶はあるが、そんなことで人を好きになっていては、いくつ体があっても足りないではないかとしか思えなかった。

「音楽室まで連れていってもらった時、チャイムが鳴りそうなのに先輩は最後まで見送ってくれたんです。それに、音楽室の扉を開けてクラスを確認《かくにん》してくれて……。はぐれた友人が駆け寄ってくるのを見て、先輩はニコッと笑って頭をポンポンと叩《たた》いて去っていきました」

そんなことしたたか？

なんだ、その気障《きざ》な男は。

自分の無意識な行動なのだろうが、明らかに恥ずかしすぎる話である。

あまり覚えていないが、おそらく迷子になった小学校低学年の子を送り届けるくらいの気持ちだったんだと思う。

彼女には大変失礼な話だ。

「その時、親切な先輩がいるんだなって感じだったんですが、それから友人たちがバスケ部の練習を見学するのについていくようになって……」

つまるところ、最初のきっかけは迷子を送り届けてあげたことで、その後部活の様子《ようす》を見ていたら自然に僕を目で追うようになっていたということらしかった。

小さな体で一生懸命《いっしょうけんめい》話すその姿は、純粋に可愛らしいなと感じた。

「そうか……」

僕は話を聞いたものの、なんて反応をしていいのか困ってしまった。

そもそも最初から断るつもりだったのに、こんな話を聞いてしまっては断りづらい。

「僕は、正直言って恋愛ってあまり興味がないんだ」

今の素直な気持ちを彼女に伝えることにした。

彼女は少し目を潤《うる》ませながら、僕の話を一言も聞《き》き逃《のが》すまいと必死になっている様子だった。

「だから、好きになるという気持ちも分からないし、君のことを好きになれる保証もできなくて……」

僕はどう結論に持っていくべきか悩みながら話していた。

恋愛に興味がないのも、彼女自身に特別な感情がないのも事実だ。

ただ、彼女がとても素直で、まっすぐに僕と向き合ってくれているから、少しだけ恋愛に興味が湧《わ》いてきた。

彼女は僕の次の言葉を待っている様子だったが、長い沈黙《ちんもく》に耐えかねたかのように僕に言った。

「あの、お試しとかでもいいです。先輩は私のこと知らないと思いますし……」

彼女にとって、それは本音ではないのだろう。

とにかく僕との繋がりがなくならないように一縷《いちる》の望みをかけての発言のように見えた。

「お試しというのはなんだか申し訳ないよ。その……好きとかよく分からないし……」

この期《ご》に及んで、まだ結論を出せずにいる僕に彼女は最後の一押しをした。

「大丈夫です。私は先輩のこと好きですから」

どこからそんな自信が湧《わ》いてくるのか分からない。

でも、そのきっぱりとした発言に、僕は感心してしまった。

そもそも「好き」と自覚できる彼女は、もしかしたら僕より大人《おとな》なのかもしれない。

僕は「好き」がどういうものか理解できないでいるのだから……。

「うん。ありがとう。ちょっとずつ君のことを知る努力をするよ」

僕の答えは曖昧で、彼女は少し嬉しそうに、でも少し不安そうに言った。

「先輩。それは、付き合ってくれるってことですか??」

それにしても積極的《せっきょくてき》な女の子である。

僕だったらこんなに単刀直入には聞けない。

「えっと、まあ、そういうこと……かな？」

そう言うと、彼女はそれまで我慢していたであろう涙を遠慮《えんりょ》せずに流し始めた。

女の子が泣いているのを目の前にして、僕はどうしていいか分からなかった。

男というのは女性の涙に弱い生き物なのである。

ただ、断って泣かせたわけではないので、それほど罪悪感はなかった。

「そんなに泣かないで」

僕の手元には汗がたっぷりしみ込んだタオルしかなかった。

それでもなんとかタオルの端の乾いているところを探して、彼女の涙を拭った。

彼女は泣きながら、「嬉しい。ありがとう」とずっと呟いていた。

「あの……さ。今日は遅いし、家まで送ってあげるから、片付けるまで待っててもらえるかな？」

僕は精一杯彼女に気を遣って聞いてみた。

彼女はそんなことを言われるとは思っていなかったのだろう。

嬉し涙がさらに増え、泣きじゃくりながらうんうんと頷いていた。

「とりあえず片付けが終わるまでに、その涙止めといてな」

僕は急いで頭から水を浴び、体育館の中へ戻った。

そんなに時間が経《た》っているとは思っていなかったが、体育館の中にはもう数名しか部員が残っていなかった。

「お、鈴木、まだいたんか。早《は》よ帰れよ」

顧問《こもん》の先生の声。

僕は軽く会釈をすると、自分の荷物を急いでまとめ、教室へ向かう。

彼女は先ほどと同じ場所で佇《たたず》んでいた。

涙はようやく止まったようで、どうしようかと迷っている様子だった。

「ちょっと教室で着替えてくるからさ、下駄箱《げたばこ》で待ってて」

1年と2年の下駄箱は少し離《はな》れているが、生徒の少ないこの時間ならすぐ見つけられるだろう。

僕は人を待たせることが苦手だったので、急いで教室に戻り着替えて下駄箱へ向かった。


「お待たせ」

僕は靴を履《は》きかえると、荷物を抱えて彼女の傍へ近寄った。

女の子と一緒に下校するのは初めてだ。

そう思うと、少しだけ気恥ずかしい感じがした。

「ねえ。君のさ……名前……聞いてないよね」

ふと彼女のことを呼ぼうとして気づいた。

付き合おうという話になったのに彼女の名前を知らないなんて、おかしな話だ。

「あっ！　ごめんなさい！　告白するのに一生懸命で名前言うのと忘れてました……」

彼女はいけないいけない、とでも言うように自分の頭をポンポンと叩いた。

そんな可愛らしい仕草《しぐさ》も嫌味《いやみ》に見えないのがすごい。

「1年5組の篠原茜《しのはらあかね》です」

彼女は元気に答えた。

見た目は小動物系で可愛らしい雰囲気だが、性格はハキハキしていて元気なタイプのようだった。

「俺は2年3組。鈴木翔平です」

なんとなく自己紹介をしなくちゃいけない気がして、知っていて当たり前の情報を答えた。

茜は、「知ってますよ」と言いながらクスッと笑った。

「なんて呼ぼうか」

普通のカップルがこういう会話をするのかどうか分からない。

ただ、茜のことをどう呼ぶか決めておかないと、いつまでも名前なんて呼べない気がしたのだ。

「私はなんでもいいですよ！　友達にはあっちゃんとか茜とかって呼ばれてます」

どちらも声に出すのは恥ずかしい感じがする。

しばらく考えてみたが、彼女という立場なら呼び捨てされたいものなんだろう。

なんとなくそういう気がした。

「じゃあ茜って呼ばせてもらおうかな。ちょっと恥ずかしいね」

僕は口に出してみて、あまりの恥ずかしさに茜の顔を見ることができなかった。

耳まで真《ま》っ赤《か》になっている気がする。

茜にバレていなければいいが。

「私は先輩のこと、なんて呼べばいいですか？」

茜は僕が照れているのを分かっているのか、嬉しそうに笑いながら聞いてきた。

「うーん。俺は名前で呼ばれることが多いけど……」

僕がそう答えると、茜はしばらく悩んでいるようだった。

「危ないっ！」

茜の腕を引く。

信号が赤に変わっていることに気づかず、横断歩道に出ていこうとしていたのだ。

「あっ、ご……ごめんなさい」

茜は夢中になると周りが見えなくなるようだった。

危なっかしいことこの上ない。

勢いで腕を引いたが、そのまま手を繋ぐことにした。

恋人というのはそういうものなのだろうと思ったし、また道路に飛び出されても困る。

「えっ、先輩……」

茜は照れながら、繋いだ手を見ていた。

「危ないから繋いでて」

僕は精一杯優しく言ったつもりだったが、これでは母親と子供のようである。

実際、茜は子供っぽく、僕は男なのに母性本能のようなものをくすぐられている気がした。

「先輩！　翔平くんって呼ばせてもらってもいいですか？　年下なのに生意気ですかね……」

茜はようやく呼び方を決めたようだった。

年下と言っても1歳なんて大して変わらないし、恋人同士なら別におかしくない呼び方だと思った。

「いいよ。それで」

僕は茜の手を握り、信号が変わるのを待って横断歩道を渡った。

一緒に帰りながら、茜はひたすら質問を繰《く》り返していた。

血液型は何か。

誕生日《たんじょうび》はいつか。

好きな教科は何か。

苦手な教科は何か。

好きな芸能人は誰か。

好きな音楽は何か。

とにかく、思いつくこと全てを聞いておこうとする意欲が伝わってきた。

ただ、そうやって話題を振ってくれる茜の存在は、僕のように口下手《くちべた》な人間にはとても楽だった。

初めての彼女が茜でよかった。

そう思えたことに、自分で驚いていた。

「あっ、しょ……翔平くん」

茜は少し恥じらいながら僕の名を呼んだ。

呼んだり、呼ばれ慣《な》れていないと、お互い恥ずかしいものだ。

僕まで少し照れてしまった。

「私の家、ここです。ありがとうございました」

思った以上に早く茜の家に着いた。

学校からここまで茜がずっと話を続けてくれていたから、早く感じたのだろう。

「そっか。じゃあ、また」

僕はそう言って手を放した。

茜があっ、と呟いたような気がした。

「どうしたの？」

僕が聞くと、茜は少し寂しそうな顔をしていた。

どうしてあげればいいのか分からず、僕は少し困った顔をしてしまった。

「あの、翔平くん。連絡先、交換してもいいですか？」

茜の一言で、携帯の電話番号もメールアドレスも何も知らないことに気がついた。

僕は謝りながら自分の携帯を取り出し、茜と連絡先を交換した。

茜は嬉しそうに携帯に僕の情報を登録《とうろく》すると、「メールしますね！」と言った。

少し名残惜《なごりお》しそうな茜に手を振り、自分の家に向かって歩き始めた。

角を曲がる時振り返ると、茜はずっと家の前で僕を見送ってくれていた。

最後に手を大きく振ると、小さな茜がぴょんぴょん飛びながら手を振っている姿が見えた。

あまりに微笑《ほほえ》ましい様子に、少し笑《え》みがこぼれた。


健太に突っ込まれて、僕は中学時代の彼女のことを思い出していた。

結局別れてしまったわけだが、それでも小さく可愛らしい彼女の笑顔だけが優しい思い出として記憶《きおく》に残っていた。

「何ニヤニヤしてんだよ。昔の彼女、可愛かったのか？？」

健太は相変わらずいろいろ知りたいらしかった。

「ん……。まぁ小さくて可愛い子だったよ」

今までの僕は、健太の質問にキチンと答えることなんてほとんどなかった。

そのせいか僕が正直に答えたことに、健太は少しだけ驚いた顔をしていた。

「小さい子だったのかー。どんな子なんだよー」

詳しい話を聞きたがる健太を尻目《しりめ》に、僕は弁当を平らげると時計《とけい》を確認した。

「それよりお前、バスケは？」

健太は「ヤベッ」と呟くと、急いでパンを口に放り込んだ。


授業が終わると、僕は荷物を片付け病院へ急いだ。

結局、健太に母の手術のことは話せなかった。

それでも、あれだけ話せたのは自信に繋がったような気がする。

母の手術を明日に控え、この気持ちはなんだか嬉しかった。

「母さん、調子《ちょうし》はどう？」

いつもより声のトーンが高かったのだろうか。

母は少し驚いた顔で振り向いた。

「翔平。どうしたの？　また何かいいことあった？」

母の顔色はいい。

心配していた精神面も、どうやら安定してきているように見えた。

「いや、別に何もないよ」

さすがに高校生にもなって、友人との話を母にするのは恥ずかしかった。

そんな僕の答えに母は少し微笑んだ。

ふと見ると、昨日《きのう》渡した本を読んでいたようだった。

「翔平がくれた本、本当にいい本ね」

母は嬉しそうに本の内容を話してくれた。

言葉と一緒に、その言葉を発した時の状況が簡単に書いてあるのもよかったようだった。

『こんな苦しいことがあった人も、こういう言葉で立ち直ったんだって』とか、『翔平の気持ちはこんな感じなのかな』とか、感想を加えながら話している母の姿を見て、この本を選ぶきっかけをくれた香澄にお礼を言わなければと思い至った。

母の心に一番響いたという言葉は、最初にこの本を手に取った時に僕が目にしたものと同じだった。

『息子《むすこ》の寝顔を見て、この子が生きていることが嬉しい』

母を勇気づけるために買った本だというのに、結局母は読みながら僕のことを思い出していたようだった。

父に先立たれ、苦しい時期を過ごした母にとって、僕が健康で元気な高校生になったことが本当に嬉しいことなのだと話してくれた。

「翔平がいてくれたから、私は今日までちゃんと生きてこられたんだと思う」

母は僕に向かって「ありがとう」と呟いた。

お礼を言うのは僕のほうだ。

母が一生懸命僕を守り、育ててくれたからこそ、今何不自由なく生きていられるのだから。

そう思ってはいるのだけれど、どうしても口に出すことができなかった。

「何言ってるんだよ」

照れ隠しで言っているのが母には伝わっているようだったが、それでももっと優しい言葉をかけられないのかと自分で自分が情けない。

第3章

乗り越えた壁

翌日、母の手術は無事成功した。

手術室の前で待つ姿は、まるで映画かテレビドラマのワンシーンのようだった。

頼む。

まだ母をそっちに連れていかないでくれ。

僕は必死に父に祈り続けていた。

待つ時間は果てしなく長く、それでも僕は母が元気に戻ってくることだけを信じていた。

手術が終わりを告げ、主治医に続き麻酔の効いた状態の母が出てきた時は、嬉《うれ》しくて涙が出そうになった。

主治医の「もう大丈夫」という言葉を聞いた瞬間《しゅんかん》、僕は膝《ひざ》の力が抜け、ベッドで寝ている母を抱《だ》き締《し》めた。

それからの母の回復は順調《じゅんちょう》そのものだった。

もともと元気で前向きな母である。

どんどんご飯を食べ、許可さえ取れれば病院の中庭でよく散歩をしていた。

「翔平《しょうへい》が作ってくれるご飯のほうがずっと美味《おい》しいわ」

母は小声で笑いながら話してくれた。

僕は母が家に帰ってきたら、母の好物を思う存分作ってあげようと思った。

退院の日が決まると、主治医と僕とで話をする機会《きかい》があった。

「翔平くん。お母《かあ》さんはよくがんばったよ。予後《よご》は良好だと言っていいと思う」

その言葉は何よりも嬉しいものだった。

「ただ……」

続きがあること、しかもマイナスな内容であるだろうことに、僕は不安に襲《おそ》われた。

「なんでしょうか……？」

僕が促すと、主治医は少し考えてから答えてくれた。

「何事も100％はありえないんだ。再発することも充分に考えられる。翔平くん、異変があったら必ず僕に報告してください。約束してくれるかい？」

僕自身理解していたことだったが、実際に言葉で聞くと不安が大きくなっていく。

それでも、主治医がそれを僕に伝えてくれたことには感謝《かんしゃ》していた。

母は我慢強く、自分の異変を人に伝えるのが苦手なタイプだ。

主治医はきっとそんな母の性格を分かっているからこそ、僕にそれを伝えてくれたのだ。

「もちろんです。わざわざありがとうございます」

僕がお礼を言うと、主治医は嬉しそうにニコリと笑い、僕の手を取った。

「君のこの手でお母さんを守るんだぞ」

母が無事退院すると、僕は遅ればせながら香澄《かすみ》にお礼と報告をしなければと思い出した。

実は、手術後に何度か僕の身を心配するメールを香澄からもらっていた。

でも、その時は母のことしか考えられなかったから、香澄にはそっけない返事しかできていなかった。

僕は思いきって電話をかけることにした。

「もしもし……？」

少し怪しむような香澄の声が聞こえた。

僕からの電話だと分かっているはずなのに、どうしたんだろう。

「鈴木《すずき》です。突然電話してごめんなさい」

僕は念のため名乗った。

「鈴木くん？　本当に？」

香澄はまだ少し信じられないと言った声をしていた。

「本人ですよ！　母の手術でドタバタしていて、ちゃんとメールに返事できてなくてすいませんでした」

思いつく反省点を口にすると、香澄の返事を待った。

怒らせてしまっただろうか？

僕は、香澄の返答があるまでの短い間に悪い想像ばかりしていた。

「ほんとに鈴木くんなのね？　もう！　心配したんだから!!!」

香澄はホッとしたのか、堰《せき》を切ったように話し出した。

メールの連絡があっさりしすぎていて、母親に何かあったのではないか、僕自身に何かあったのではないかと、気が気ではなかったようだ。

僕は、そんな香澄の心配をよそに、以前と同じように明るく話しかけてきてくれている香澄に安《あん》堵《ど》していた。

「あの……」

香澄の言葉を遮《さえぎ》ると、一瞬の間が空いた。

「明日《あした》、暇ですか？」

明日は平日なので、当然のことながらお互い学校がある。

つまり、学校が終わった後の時間の予定を聞いているのだ。

ワトソンのバイトがどんなシフトになっているか分からなかった。

「明日《あした》？　明日はバイト入ってないよ。何かあったの？」

明日の予定を聞くということは、普通は誘っていると気づきそうなものである。

香澄の声からは、その意図は全く伝わっていないように感じた。

せめて察してくれたらいいのに！

直接的な言葉を口にするのが恥ずかしい僕は、ついそんなことを考えてしまっていた。

「あっ、えっと、うん。明日もし暇だったら食事でもどうかなと思って……」

言ってしまった。

電話の向こう側にいる香澄の反応を知るのが怖くて、つい電話を耳から離そうとしてしまう。

そんな衝動を必死で堪《た》えていると、「うん」という香澄の嬉しそうな声が聞こえてきた。

「でも……お母様は？」

母の手術が成功し、退院したということすらきちんと報告していない自分に気付き、慌てて香澄に現状を伝えた。

手術が成功したこと、元気に退院したこと、明日は職場《しょくば》に挨拶《あいさつ》に行くからそちらで食事をしてくること。

つまり、簡単《かんたん》に言うと明日の夕飯は僕一人《ひとり》の予定だということだ。

香澄はその話を聞いて、ホッとしたようだった。

早速、食事する店の相談《そうだん》をし始める。

しかし高校生の僕がおしゃれな店を知っているわけもなく、これから調《しら》べることを素直に伝えた。

すると、香澄はオススメのお店があるから予約しておくと言ってくれた。

のんびり屋の印象なのに、こういうところは意外としっかりしているから香澄にはいつも驚《おどろ》かされる。

優柔不断《ゆうじゆうふだん》な僕にとっては、店を決め予約までしてくれる香澄に感謝の気持ちしかなかった。

誘った側として、また男としても少し不甲斐《ふがい》ないとは思ったが。

香澄との電話は、思った以上に楽しく、食事の約束ができたことも素直に嬉しかった。


次の日、学校に行くと、いつものように健太《けんた》が僕の席にやってきた。

「翔平、なんか今日《きょう》嬉しそうだな」

健太は人の表情を読むのが天才的だ。

確《たし》かに母は退院したし、今日は香澄と食事に行く約束をしている。

嬉しいことだらけで、見た目は分かりづらいが内心はスキップしている気分だった。

「あぁ、まあいろいろあってな」

また適当に誤魔化《ごまか》してしまった。

しかしどちらの話も、まだ健太に話したことがないだけに、どう答えればいいか分からなかった。

ただ、最近の僕が素直に答えるようになっていることを分かっているのか、突っ込んで聞いていいと思う内容には容赦なく追及してくるようになっていた。

「何があったんだよ。俺《おれ》にも教えてくれよー。嬉しいことならいいだろー」

なんで甘え口調になるんだ、お前は。

やはり姉がいるからだろうか。

健太は弟気質《きしつ》丸出しで、たまに年下なんじゃないかと錯覚《さっかく》してしまう。

「あー、うん。話が長くなるから、昼に話すよ」

僕が仕方なくそう言うと、健太は嬉しそうに「約束だからなー！」と言って自分の席に戻っていった。


昼休みになると、もはや健太と食事をするのが定番になっていた。

健太はいつもより購買から早く戻ってきた。

息が上がっているのを見ると、早く話が聞きたくて走って帰ってきたのだろう。

なんだか、犬みたいだなと思った。

僕はいつも通り自分の弁当を広げると、健太の存在をさほど気にしていない風を装《よそお》い食べ始めた。

「それで？　何があったわけ？」

健太が切り出す。

何を話そうか、午前中ずっと考えていた。

香澄のことは、まだ話す段階ではない。

隠すつもりはないが、まだ人に話せるほど僕自身の気持ちがハッキリしていないからだ。

僕は母のことを掻《か》い摘《つま》んで健太に話した。

病気のこと、手術のこと、昨日《きのう》退院できたこと。

話すと重たい話だが、健太は相変わらずマジメな顔で話を聞いていた。

なんでも軽く聞いてきて、なんでも軽く話しているように見える健太だが、基本的にはマジメでいいやつなのだろう。

「そうか。大変だったんだな」

健太は何やら考え込んでいるようだった。

しばらくすると、健太は「ごめんな」と呟《つぶや》いた。

耳を澄ませていないと聞き逃してしまいそうなくらい小さな声だったので、僕は顔を上げ健太に目をやった。

健太の目には涙が浮かんでいた。

「おいっ、なんでお前が泣いてるんだよ」

僕は、周りに悟られないように小声で健太に言った。

人前で泣くなんて恥ずかしいことこの上ない。

「俺、結構無神経なこと言ってたなぁと思ったからさ。翔平、ごめんな」

今度は僕にもはっきり聞こえる声で健太が謝《あやま》った。

おいおい、なんだそれ。

もともと無神経なのは重々承知だし、健太はそういうキャラだろう。

僕は内心そう思いながらも、泣くほど真剣に話を聞いてくれる健太に話せてよかったと思った。同時に、人の話を真っ直ぐに受け止め、自分の過去を思い返して反省できる健太を尊敬してしまった。

僕には到底できそうもない。

「やめろよ。別に気にしたことないから」

相変わらずそっけない言葉しか出ない自分が不甲斐《ふがい》ない。

健太の素直さが羨《うらや》ましいと思っているのに、自分はどうしてもそうなれないことが何より悔しかった。

なんで僕はいつもこうなんだろう。

つい自己嫌悪に陥《おち》ってしまう。

一方の健太は、僕の言葉に少しだけホッとした表情を見せ、「親を大事にしなきゃな」と自分に言い聞かせるように呟いた。

少ししんみりしたところで、昼休みの終わりを告げるチャイムが鳴った。

次は体育だ。

早めに片付けて着替えなければいけない。

「健太、急ぐぞ」

僕が声をかけると、健太は服のシャツで目元をゴシゴシと擦《こす》って立ち上がった。

学校の門を出ると、急いでバス停に向かう。

今日は香澄と食事の約束をしているのだ。

制服のまま行くか迷ったが、せっかく夕飯を食べるのだし、一度家に帰って着替えたかった。

いつもより1本早いバスに飛び乗る。

満員とは言わないが、座る席も空いていないバスの中を、奥の扉付近まで進んでいく。

いつもの定位置に到着すると、手すりに寄りかかりながら携帯を覗《のぞ》き込んだ。

メールが2通ある。

1通は母から。

小学生たちと一緒《いっしょ》に写真を撮《と》ってもらったようで、嬉しそうにはにかむ母の姿がとても輝《かがや》いて見えた。

僕は写真をそっと保存すると、手短に返信する。

もう1通は香澄からだった。

学校の授業が終わり、一度ワトソンに寄るとのこと。

時間には間に合うから、駅で待ち合わせしようとあった。

ワトソンになんの用があるのだろう?

おじさんに会いに行くの?

別に何もないことは分かっていても、何故か香澄の行動の理由を知りたくなってしまった。

おそらくは、またケーキかコーヒーの話だと思うが。

こちらにも手短に返信する。

学校が終わったこと、一度家に寄ること、駅前で待っていることを伝える。

気持ちは逸《はや》り、楽しみで仕方がないはずなのに、何故かメールの文面はあっさりしたものになってしまった。

これでは業務連絡だ。

本当はもっと嬉しそうなメールを返すべきなのだが、どんな文面にすればその気持ちが伝わるのか分からず、いつものつまらないメールのまま仕方なく送信することになった。

すぐにメールの返信が届く。

「連絡網《れんらくもう》じゃないんだからっ！」

そんな文字と共に、笑い顔のイラストが届いた。

香澄には僕のメールに隠された感情も伝わっているようで、少し恥ずかしかった。

ワトソンの最寄り駅に着くと、僕は缶コーヒーを買い、座れる場所を探した。

まだ香澄との約束まで30分はある。

ゆっくりコーヒーを飲みながら、携帯を開く。

香澄からはワトソンを出て向かっていると、連絡が届いた。

了解と返信。

「ほら、また！」

香澄は笑い顔のイラストをつけてすぐに返信してきた。

香澄が到着するまでの間、僕は今後のことを考えていた。

まず母のこと。

母の体調は現状問題ない。

ただ、いつどんなことが起こるのか分からないから、毎日気にしておかなければいけない。

後で日記帳代わりに使える何かを探してみよう。

毎日の食事や母の体調を記入しておけば、何か変わったことがあった時に気づきやすいはずだと考えた。

それから健太のこと。

周りからはすっかり仲のいい友達に見えているだろう。

実際、健太以外にちゃんと自分のことを話せる人はいない。

人を信用するのが怖いと思っていた自分にとって、健太の存在は今までにないものだった。

信用したいという気持ちと、また裏切られたらと思う気持ちと、両方が存在することは否《いな》めない。

ただ、健太は信じていいのではないか。

そういう気持ちが強くなってきたことは、僕自身驚くべき変化だった。

そして香澄のこと。

これから彼女に会えるのが嬉しいという気持ちは自分でも理解できている。

自分から会いたいと思う相手が今までいなかったことを考えると、香澄は僕にとって特別な存在なのかもしれない。

ただ、それが恋愛感情なのかどうか、自分ではよく分からない。

それに香澄は誰にでも優しいから、僕にだけ特別というわけではないのかもしれないとも思う。

ようするに、もしこれが恋愛感情だとするならば、僕は片思いをしていることになる。

そんな分析を冷静にできる時点で、恋愛感情とは違うような気がしないこともないが……。


後ろからポンと肩を叩かれ、ビクッとなった。

また香澄だな。

「鈴木くん、難《むずか》しい顔して何考えてるの？？」

案の定、そこには香澄の笑顔《えがお》があった。

回り込んで僕の隣《となり》に座ると、携帯と缶コーヒーを持っているだけの僕を不思議《ふしぎ》そうに眺めている。

「難しい顔なんてしてないって」

わざとらしく笑顔を作って答える。

香澄は思わずふき出して、大声で笑い始めた。

何度となく僕を叩きながら、「そんな顔するなんて！」と笑っている。

香澄は笑《わら》い上戸《じょうご》？。

そんな香澄を見ていると、こちらまで釣られて笑いそうになるので、なんとか堪《こら》えて立ち上がる。

「これ、捨ててくるから待っててください」

僕がゴミ箱に向かおうとすると、「待って」と香澄の声が聞こえ、何故か後ろからついてきた。

ゴミを捨てるだけなのに、なんとなく嬉しくて香澄が追いつくのを待って一緒にゴミ箱へ向かう。

「今日はワトソンに何しに行ったんですか？」

僕は気になっていたことを、できるだけさりげなく聞いてみた。

内心ドキドキしている。

何より、香澄の行動が気になっているということを悟られるのが恥ずかしいのだ。

「えっ？　気になるの？」

察して欲しいことは伝わらないのに、気付いてほしくないことはあっさり見抜かれる。

上手くいかないな。

僕はつい無言になってしまった。

香澄は「行こう！」と言って僕の手を引いた。

自然と手を握る。

これは？

香澄はどういうつもりで手を握ってきたのだろう。

軽くパニックになるのを隠して、とにかく香澄についていく。

「おじさんがね、今度の夏休みにコーヒー豆の買い付けに行ってきていいかって」

手を繋《つな》いだまま、香澄は先ほどの質問に答えてくれた。

こちらを見ることはせず、しっかりと前を向いている。

香澄にしては珍しい光景だ。

もしかしたら、香澄も手を繋ぐことを意識《いしき》しているのかもしれない。

「買い付けって海外に？」

僕は平静を装って会話を続ける。

繋いだ手にじんわりと汗を掻《か》いてきた気がして、気が気ではない。

「そうそう、1週間くらいかけて行きたいんだって。私と鈴木くんがいれば、店は任せられるって言ってた」

信号で立ち止まる。

繋いだ手を持ち上げて、「放《はな》してもいいですか？」と断った。

香澄は、えっ？という戸惑いの表情を見せ、「あっ、ごめんごめん」と手を放した。

きっと僕が手を繋ぎたくないと思ったのだろう。

僕は手の汗を拭《ぬぐ》うと、改めて香澄の手を握った。

香澄が驚いた顔で僕を見る。

「どうしたんですか？　信号青ですよ」

僕が声をかけると、香澄の表情が笑顔に変化していき、スキップでもしそうな勢いで歩き始めた。

「僕と香澄さんの二人でワトソンを……。なかなかハードル高そうですね」

何しろ、まだ数か月しかバイトしていない。

僕に至っては、ここのところ母の入院があったので、しばらくワトソンから遠のいている。

そんな僕と香澄の二人だけであの店をやっていくのは難しいだろう。

単純にそう思った。

「私もそう思ったのよね。そうしたら、まだ夏休みまで2か月近くあるから、これから本格的にそのつもりで教えていくよって言われて」

ワトソンで大切なのは、ケーキの味とコーヒーの味だ。

両方とも香澄が覚えなければいけないことである。

店内のお客さん対応やお金の管理は僕がやることになるのだろう。

「すごく大変そうですね……。でもやり甲斐《がい》はありそうだな」

そう言葉を返すと、香澄はうんうんと頷《うなず》いて言った。

「そうなのよ。やり甲斐はあるし、ものすごい経験《けいけん》になるのよね。その場合は鈴木くんにもコーヒーの淹《い》れ方《かた》覚えてもらう必要があるけど……」

香澄の言葉に、少しテンションが上がった。

マスターから、あの美味しいコーヒーの淹れ方を直々《じきじき》に習うことができるなんて、正直僕には願《ねが》ったり叶《かな》ったりだ。

「僕はまだマスターから聞いてないので、今度聞いてみます。でもおもしろそうだし、できる限りやってみたいですよね」

僕がそう言うと、香澄は少し自信を持ったようだった。

さっきまでは不安そうに話していたのに、今の香澄はやる気に満《み》ち溢《あふ》れていた。

「あっ、ここだよ」

香澄が連れてきてくれた店は、イタリアン。

女性客で満たされているのではないかと少し恐怖を感じたが、中に入ると照明は暖色系でやわらかく、音楽も騒《さわ》がしすぎず、客もカップルが3組ほどと女性グループが1組いるだけだった。

通された席は店の一番奥で、周りに人もいないし落ち着ける場所だ。

「ここのパスタ、すごく美味しいの。紅茶もコーヒーもなかなかいけるんだ」

香澄は早々に、メニューを説明し始めた。

高校生の僕には、パスタだけではちょっと物足りない。

何を選ぶか悩んでいると、香澄がパパッと決めて提案してくれた。

パスタ2皿とピザ1皿。

さらにサラダも追加すれば結構なボリュームになりそうだ。

相変わらず香澄はすごく気が利くと感心してしまう。

僕のお腹《なか》具合も分かっているのではないかと思ってしまうくらいだ。

注文を済ませ、しばらく雑談をしていると、美味しそうな香りと共に運ばれてきた料理がテーブルを賑《にぎ》わせ始めた。

「いただきますっ！」

二人で手を合わせた。

僕は少し驚いて香澄を見る。

香澄も同じ気持ちのようで、目が合うとクスッと笑った。

食事の前に手を合わせるという行為は、子供の頃《ころ》から当たり前のように刷り込まれている動作だ。

しかし、大人になると、そういうことが気恥ずかしくなり、人前でやらなくなる人も多い。

実際僕も、学校ではさすがに恥ずかしくてできないものだ。

そんな心境だったので、偶然にしても一緒に手を合わせることができたのが妙に嬉しく感じてしまった。

「美味しい！」

香澄は本当に美味しそうにパスタを食べ始めた。

見ているだけで食欲が湧いてくる。

僕も負けるわけにはいかない。

目の前にあるパスタを一口頬張《ほおば》った。

「あっ……」

感嘆の声が漏れる。

パスタはとてもシンプルで、トマトソースとモッツァレラチーズと小さなバジルの葉が載っているだけのものだ。

しかし、シンプルだからこそ分かるソースの美味しさだった。

「美味しい……」

僕は正直な感想を口にした。

香澄はにっこり笑って、自分のパスタを一口食べた。

「ここのパスタはね、定番のメニューばかりなのに、どの味も他のお店とは段違いに美味しいの。なんでなんだろうね」

パティシエを目指しているだけあって、香澄は美味しく食べながらも味の分析なんかをしている様子だった。

文庫サイズの分厚い手帳を取り出すと、料理のイラストを描《か》いたり感想を書き込んだりしている。

「それは？」

僕が聞く。

「いいのよ、これは。私の日記帳みたいなものなの」

香澄は少し恥ずかしそうにパタンと手帳を閉じてしまった。

ちょうど似たような手帳が欲しいと思っていたところだ。

後で香澄に相談してみよう。

僕はそんなことを考えていた。

パスタを半分ほど食べたところで、香澄が取り分けてくれたサラダとピザを食べ始める。

ピザも当たり前のように美味しい。

シーフードが載っているが、エビもホタテもタコもイカもとても新鮮な素材を使っているらしくプリプリとしていて、さらにその海鮮《かいせん》のエキスがうまくソースに絡んで、まぁとにかく美味い。

家で料理はするものの、パスタやピザを作ることはほとんどない。

自分で作れない料理を、しかも味が最高にいい料理を食べられることは、この上なく幸せだった。

「ねえ、パスタ交換する？」

正直、僕も香澄のパスタを食べたかった。

ちょうど同じくらい残しておいてくれたのであろう。

香澄の気遣いに驚きを隠せない。

「食べた残りとかでもいいいですか？」

ちょっと気になっていたことを聞いてみた。

僕は香澄の残り物でも平気だが、いい年齢《ねんれい》の男女で食べ物を交換するというのはなかなかハードルが高いと思う。

少なくとも、あまり好きではない人とはとてもできることではない。

「問題ないよー。あっ、むしろ鈴木くんは苦手……だったかな？　そういうの」

こういうことは大丈夫な人と完全にダメな人がいるものである。

特に潔癖《けっぺき》な人は苦手だろう。

「いえいえ、全然。僕も香澄さんのパスタ、食べてみたかったんです、実は」

ちょっと照れ笑いしながら言うと、僕は自分のパスタの皿を持ち上げた。

香澄のパスタ皿と交換する。

どちらも本当に美味しそうだ。

美味しい食事と香澄との会話。

今の僕には何よりのご褒美《ほうび》だった。

「あー、美味かったー！」

あらかた食べ終わると、僕は一息つくように言って水を飲んだ。

食後のコーヒーが運ばれてくる。

ここまで食事に気を取られていたが、今日は香澄にお礼を伝えなければいけないことを思い出した。

「香澄さん」

少し改まって姿勢を正すと、香澄が緊張《きんちょう》した面持《おもも》ちで「何？　どうしたの？」と向き直った。

「だいぶ前の話ですけど、本選ぶのを手伝《てつだ》ってくれてありがとうございました。あの本、母がすごく気に入って、手術前にも何度も読んでたみたいで。おかげで精神的にも前向きになれたみたいなんです」

実際、退院する日までベッドの脇にある台に本を飾り、時折手に取って読んでいた。

今も家の本棚に見えるように飾ってある。

きっと、母にとっては宝物なのだろう。

「あぁ、なんだ、そのことね。むしろいい本が見つかってよかったね。本の場所に連れていったのは私だけど、あの本を選んだのは鈴木くんだもの。私のおかげじゃなくて、鈴木くんがお母様を思う気持ちがあったからだと思うよ」

こういう話をすると、香澄はなんだか大人《おとな》びて見える。

4歳も年上なのだから当たり前の話ではあるが、普段そんなに年上だと感じないだけに、少しだけ香澄が遠くにいるように錯覚してしまう。

そんな風に距離《きょり》を感じる自分自身が子供なのかもしれないとも思うが。

「ところで、ワトソンにはいつから復帰するの？　平日も入れるのかな？」

香澄がバイトの話をし始めた。

以前は土日だけやっていたけれど、香澄は既に平日も3日ほどバイトに出ているようだった。

「そうですね。母が退院したので、そろそろ僕も平日入ろうかなと思ってるところなんです」

実は、次のバイトの時にマスターに相談するつもりだった。

平日もバイトをして、できるだけ家計を助けることが本来の目的だ。

部活にも入らなかったのもそのためだ。

でも、今はちょっと理由が変わってきているのかもしれない。

部活を諦《あきら》めたのは、今でも少しだけ辛《つら》い。

それでも、新しいバイト先で香澄と出会い、マスターの美味しいコーヒーとケーキと出会い、それらに自分が深く関《かか》わり始められていることが嬉しかった。

何より、香澄と会える時間が増えることが単純に嬉しかったし、そういう自分の感情がなんだかくすぐったかった。

できれば、香澄もそう思ってくれているといいのだけれど。

しばらくすると、香澄は先ほど話していたマスターとの話をし始めた。

香澄は将来のことを考えて、学校以外でもどんどん実践的な経験を積《つ》み重ねていきたいと考えているようだった。

「いつかは自分のお店を持つのが夢なんだ」

香澄は少し恥ずかしそうに、でも強い意志を持って僕に話してくれた。

夢……か……。

僕には夢なんてあっただろうか。

今のまま、それなりにがんばって勉強をして、教員の免許を取得できる大学へ進学しようとは考えている。

母が父の事故のショックから立ち直って僕を育てて来れたのは、今の仕事のおかげだとよく聞かされていた。

だから、口には出さないものの、僕にも教師になってほしいと思っているのだろう。

その母の期待に応えたいと思っている。

でも……。

いずれは学校の先生になるのだろうか。

僕が？

教員の免許を取得することはいいのだが、僕自身は学校の先生になれるような人間ではないと思えてならなかった。

「ごめんね、つまらなかった？」

僕が変な顔をしていたのだろう。

香澄が心配そうに僕の顔を覗き込んだ。

「いや、こっちこそごめんなさい。香澄さんの夢を聞いて、夢があるっていいなって思って……」

自分の発言がいかにも高校生っぽくて、なんだか滅入《めい》ってしまった。

「私も鈴木くんくらいの頃《ころ》は夢なんて分かんなかったよ」

香澄は僕を励ますように言った。

「じゃあ香澄さんはいつ頃パティシエになりたいって思ったんですか？」

別に将来にすごく悩んでいるわけではない。

進路だって行こうと思っている大学はほぼ目星がついている。

教員の免許を取ることだって目標としてははっきりしている。

ただ、自分の意思で決めた将来ではないのが不安だったから、香澄が自分でそれを決めたきっかけを知りたかった。

香澄は「ちょっと長くなるかもしれないけどいい？」と前置きして話し始めた。


香澄はもともと食べることが大好きな少女だった。

高校の頃は今では考えられないくらい太っていた。

当然、太っていればそれなりに嫌《いや》がられもする。

その頃好きだった人にも、デブだから無理と振られ、クラスの中でもブーコとあだ名がつけられていた。

表面上では明るく振《ふ》る舞《ま》っていたが、いつもネガティブで自分に自信がなく、そういったストレスからまた食べるという生活が当たり前になっていた。

ある時、母親に連れられてワトソンへ行った。

マスターは香澄の母親の兄なのである。

美味しそうなケーキを目の前に、どれを選ぶか決められず、3つのケーキを頼もうとしたところ、マスターに止められた。

「ここのケーキは一つ一つ大切に作っているんだ。いくつも食べて満足するのではなく、一つを美味しく食べてもらえないかな」

香澄は少しショックを受けた。

どれも美味しいそうだから選べないだけなのに。

そう思っていた。

それでも母親の手前、落ち込むわけにもいかず、明るく謝って苺《いちご》のショートケーキを選んだ。

マスターは丁寧にとコーヒーを淹れ、ケーキを用意してくれた。

香澄の前にいい香りのコーヒーと美味しそうなケーキが並ぶ。

「できれば、コーヒーは最初に何も入れずに香りと味を確かめてみて。それからミルクや砂糖《さとう》を入れても遅くはないから」

マスターはそう言って二人の許《もと》を離れた。

母親は、兄《にい》さんってば注文が多いわよねぇ、なんて笑っていたが、香澄にとっては少し衝撃的《しょうげきてき》だった。

とりあえず、言われた通り一口飲んでみる。

今まで、コーヒーなんて甘ったるいジュースと同じだと思っていた。

ワトソンのコーヒーは、口の中に豆の芳醇《ほうじゅん》な香りが広がり、スッと鼻の奥へ香りが昇っていく感じがした。

飲み込むと、喉《のど》を温かい液体が通っていく。

口の中には、ほのかな酸味と独特の苦みが残っていた。

「美味しい……」

香澄は呟いた。

母親はそんな言葉に気づかないようで、自分のケーキを食べ始めていた。

しかしマスターは香澄の声が聞こえていたかのように、小さく微笑《ほほえ》んで香澄を見ていた。

もう一口。

ミルクも砂糖も入れずに味わってみる。

コーヒーってこんな味だったんだ。

感動すら覚えた。

それからケーキを一口食べた。

いつもなら一口で半分ほどなくなるところだが、コーヒーの一口に見合うよう小さく切り取って食べてみた。

甘すぎない生クリームと少し酸味の残る苺。

スポンジはふわふわしていて、生クリームのしっとり感と苺のサクッとした食感が口に楽しさを与えた。

ケーキってこんな味だったっけ？

香澄にとってはとにかく衝撃的だった。

今までケーキは甘いものというだけだった。

マスターの言われた通りに大切に扱ってみると、一口でもたくさんの味と食感と香りがあり、今までどれだけ大雑把《おおざっぱ》に食べ物を食べていたかということに気づかされた。

「どうかな？」

マスターは香澄が半分ほどケーキを食べ終わった頃、声をかけてきた。

母親の水を追加するためのようだったが、おそらく香澄の反応を聞こうとしたのだと思った。

「あの、美味しいです。こんなに美味しいもの初めて食べました」

香澄は正直に答えた。

すると、マスターは小さく首を振った。

「美味しいものはきっとたくさん食べてきたと思うよ。香澄ちゃんは今初めて『味わう』ということを知っただけのことだと思う」

その言葉は今でも心に残っている。

太っている自分の体が恥ずかしかった。

いかに食べ物を消費するものとしか見ていなかったかを体現しているからだ。

なんでもちゃんと味わって食べれば、もっと食べることは楽しいだろうし、たくさん食べなくても満足できるような気がした。

「あの、ありがとうございました。教えてくれて……」

香澄はマスターに言うと、「またおいで」とマスターは微笑んでカウンターに戻っていった。


この経験がきっかけで、香澄は料理を作ること全般に興味《きょうみ》を持つようになった。

母親と一緒にキッチンに立つことも多くなった。

「香澄ちゃんと一緒に作ることになるなんてねぇ」

母親は嬉しそうに言った。

それまでは人の2倍食べていたが、徐々に人並みの量で充分満足できるようになっていった。

繊細《せんさい》な味が分かるようになってくると、母親の料理も以前より凝《こ》ったものが増えていった。

「本当はこういう料理が好きだったんだけどね」

母親は、「今までは男の子を育ててるみたいだったわ」と笑った。

誰が悪いというわけではないと思う。

母親の作ってくれる料理を残さず食べなければいけないと思っていた香澄と、彼女を満足させてあげなければいけないとたくさん作っていた母親。

たまたま、お互いの気遣いがおかしな方向に進んでしまって、太ってしまっただけのようだった。

特別なダイエットをしたわけではなかったのに、1年ですっかりスリムな体型になった香澄は、思いのほかモテ始めた。

以前告白した男性に言い寄られたりもした。

クラスメイトもブーコなんて呼ぶ人は一人もいなくなった。

それでも、容姿の違いだけでこんなに態度が変わる人が多いことに腹が立ったし、悲しくもなっていた。

この出来事をきっかけに、美味しいものを美味しく食べるということをいろんな人に伝えたい。

香澄はそう思い始めた。

料理は全般的にとても好きだったが、あれ以来ワトソンでコーヒーとケーキを食べることが日課《にっか》になっていた香澄は、自然とワトソンのようなお店を持ちたいと思うようになっていった。

香澄の話は、確かにすごく長かった。

それでもとても興味深かったし、少し感動すら覚えた。

太った香澄も見てみたいなと不謹慎《ふきんしん》なことも思っていたが。

「じゃあワトソンでバイトしてるのは、夢に近づくための一歩なんですね」

僕が言うと、香澄は少し照れくさそうに頷いた。

「でもおじさんには内緒《ないしょ》よ」

そう言って以前と同じように、口に人差し指を当てた。

店を出ると、香澄にさっき持っていた手帳のことを聞いてみた。

「これはさっきも言ったけど日記帳みたいなもので……」

香澄はカバンの中にあるそれを触るようにして言った。

「あっ、いや中身の話は今度ちゃんと聞きたいんですけど。今はその手帳が気になってて」

香澄に事情を話した。

母の体調管理のために、毎日の食事や体温、体調を僕が日記のようにつけたいという話だ。

「そういうことだったのね！　勘違いして恥ずかしいわー」

香澄は頬に両手をあてて恥ずかしがった。

仕草《しぐさ》のひとつひとつが可愛《かわい》いなぁ。

ひとしきり恥ずかしがった後、香澄はその手帳が売っている店を案内すると言い、また僕の手を握った。

今度はギュッと握り返す。

香澄はそれに気づかないフリをするように、勢いよく歩き出した。

第4章

新たな挑戦

カランカラン。

聞き慣れたベルが鳴る。

「鈴木《すずき》くん、久しぶり！　お母様《かあさま》の体調《たいちょう》は大丈夫かい？」

マスターが声をかけてくれる。

3週間ぶりのバイトだ。

ワトソンの雰囲気は懐《なつ》かしく思えたが、カウンター内は他人の家に遊びに行った時のようなよそよそしさを少し感じた。

「すぐ用意しますね」

僕は、エプロンをつけ掃除道具を手に取った。

梅雨が近付いているせいか、今日は生憎の雨模様だ。

「おはよう！」

雨の中、女性らしい薄い紫の傘をさして香澄《かすみ》がやってきた。

僕は少しぎこちない笑顔《えがお》で挨拶《あいさつ》を返すと、軒下のゴミを拾い始めた。

天気が悪いというのに、開店すると同時にワトソンは満席に近い状態になった。

もちろん、いつもの常連さんたちもいる。

口々に「久しぶり」と声をかけてくれたので、ここが僕の居場所なんだと感じることができた。

注文の対応が一段落しキッチンで洗い物をしていると、マスターが手招きしている。

何事かと思い、急いでマスターのところへ。

「香澄には話したんだけどね」

マスターはそう切り出してから夏の予定を話してくれた。

香澄から聞いていたものの、初めて聞くふりをして頷《うなず》く。

「それで、夏休みの1か月間、香澄と鈴木くんの二人《ふたり》にワトソンを任せたいと思ってるんだけど、どうかな？」

もちろん、僕の気持ちは決まっていた。

香澄の話を聞いてから、何度となく家で考えていたが、メリットしか思いつかないくらいワクワクしていた。

「そうですね……。ちょっと不安ですけど、なんとかがんばりたいと思います」

僕は少しだけ控えめに、でも前向きな返答をした。

マスターは安堵《あんど》の表情を浮かべると、「二人ならできるよ」と嬉《うれ》しそうに僕の肩を叩《たた》いた。

それからしばらくは、マスターのコーヒー豆買い付け予定地についての話が延々と続いた。

おそらく、今まで行きたくても行けなかったのだろう。

とても嬉しそうに話す姿は、なんだか遠足を心待ちにしている小学生のようで、少し微笑《ほほえ》ましかった。

マスターの話が一区切りついたところで、僕はウェイターとしての役割に戻った。

幸い、客で満たされた店内の半分以上は常連で、必要なのは水の追加とおかわりの注文取りがほとんどで、他のお客さんたちは、コーヒーとケーキで話に夢中になっている人たちばかり。

フロアを軽く一回りして水を追加し、注文を取り終えるとマスターに伝えた。

マスターは僕を手招きし、コーヒーの種類や豆を挽《ひ》くミル、その他たくさんの道具について詳しく説明し始めた。

相変わらず唐突なことでビックリするが、これは世間話ではなく、仕事として覚えていけということなんだろうと解釈し、手近にある紙とペンを手に道具の名前や用途、扱い方を細かくメモし始めた。

香澄がカットしたケーキをショーケースに並べるために僕の横を通り抜ける。

お互い、「大変なことが始まった！」という気持ちと共に、新しく覚えることへの好奇心を抑えられないのが伝わるほど、分かりやすく笑顔で目を合わせた。

バイトのシフトをマスターに相談《そうだん》していると、すっかり夜も遅くなってしまった。

夕飯の買い物をして帰らなければいけない。

荷物を片付け、マスターに挨拶して急いで店を出る。

商店街を歩いていると、ふと香澄の姿が目に留まった。

「あれ？　香澄さん？」

僕が声をかけると、香澄はビクッとなって振り返った。

「なんだ、鈴木くんかぁ」

香澄は十数分前に店を出たはずだった。

もしかして待っていてくれたのか？

淡い期待をしてしまう。

「今から帰るなら駅まで一緒《いっしょ》に行きます？」

僕が誘うと、香澄は大きく頷き、僕の隣《となり》を歩き始めた。

やはり待っていてくれたのかもしれないなんて思ったりする。

最初はワトソンの話で持ち切りだった。

コーヒーもケーキも、マスターがかなりこだわって作っているものだ。

僕たちはその味に惚《ほ》れてバイトをしているのだから、どれだけ特別な味なのか理解しているつもりだった。

その味を僕たち二人で出していかなくてはいけないということが、大きなプレッシャーになり、逆に僕たちを強く結びつけているように感じた。

しばらくすると、先日の食事の話に切り替わった。

「また行きましょう！」

僕が言うと、香澄は嬉しそうに美味《おい》しいお店たくさん教えてあげるねと言ってくれた。

そうこうしていると、すぐに駅に辿《たど》り着いてしまう。

残念ながら、香澄と僕は逆方向の電車に乗らなければいけない。

どうせすぐにバイトで会うことになるというのに、何故《なぜ》だか妙に寂しくなってしまう。

「じゃあ、また」

手を振ってそれぞれ別の階段へ向かう。

ホームに着いても、電車が来る前はお互いが見える位置にいる。

声をかけることもできないから、目が合うたびにどんな顔をすればいいか困ってしまい、苦笑いをしてしまう。

携帯が小さく震《ふる》える。

ふと見ると、香澄からだった。

「電車来るまでお互いの顔が見えると恥ずかしいよね」

そんなたわいもない内容だったが、それがなんだかおもしろくて、そのままメールで会話が始まっていった。

すぐそこにいるのに携帯でメールのやり取りをしているこの状況が、なんだかくすぐったかった。

結局、そのまま家に帰るまで会話は続いていた。

まるで一緒に帰っているような気分だ。

おかげですっかり夕飯の買い物を忘れていた僕は、家の前に辿り着くと、香澄にその旨《むね》をメールで伝え、急いでスーパーに走ったのであった。


それからしばらくは、学校とワトソンと家の行き来を繰《く》り返す日々が続いた。

ワトソンを香澄と二人で切り盛りしていくことになってから、僕はほぼ毎日バイトに勤《いそ》しんでいた。

徐々に教えてもらったこともこなせるようになり、マスターの代わりにコーヒーを淹《い》れる機会《きかい》もほんの少し増えた。

「鈴木くん、上手《じょうず》になったねぇ」

休憩《きゅうけい》を取っている香澄に頼まれてコーヒーを淹《い》れると、褒《ほ》めてもらえるようになった。

マスターも小さく頷きながら、僕の淹れたコーヒーを口にしてくれる。

テーブルの上には香澄の作ったケーキが並んでいる。

奇をてらうことなく、マスターの教えを忠実に守ったケーキは、しっかりと味を引き継いでおり、とても繊細《せんさい》で美味しく仕上がっているようだった。

「これなら二人に任せても大丈夫だなぁ。僕もたまには休みを取ろうかな」

そんな冗談すら飛び出すくらいだった。

「あの……マスター……」

そんなほのぼのとした空気を乱すように、僕は少し申し訳なさそうに声をかけた。

「どうかしたの？」

香澄が心配そうに僕を見る。

「実は、学校で球技大会があって、来週1週間は毎日練習になるみたいなんです。それでバイト休まなくちゃいけなくて……」

球技大会は、僕の意思とは関係なく、健太《けんた》がバスケを選択していた。

1年生とは言え、比較的バスケ部でもうまいと評判のメンバーが揃《そろ》っているらしく、本気で優《ゆう》勝《しょう》を目指そうとクラスは燃《も》えていた。

僕はというと優勝したいというほど勝ち負けにこだわっていないものの久しぶりにバスケができるのが少し楽しみだった。

ただ、その分バイトに出られなくなるという後ろめたさもあり、とても複雑な気分だった。

「なんだ、そんなことか。いいよ、来週は休みだね」

マスターはシフト表を持ってきて笑顔で答えながら修正し始めた。

基本的に3人で回している店なので、僕が休んでも香澄が休んでも、いつも出ているマスターがフォローするだけの話なのだが。

「そっか。じゃあ来週は鈴木くんいないんだねー」

香澄はケーキを頬張《ほおば》りながらポツリと呟《つぶや》いた。

マスターは少しニヤリと笑いながら、僕と香澄の顔を一度ずつ確認《かくにん》した後、何も言わずキッチンへ戻っていった。

「来週いなくて寂しい?」

思いきって冗談っぽく聞いてみた。

香澄は少し驚《おどろ》いた顔をした後、「寂しいよぉ」と笑いながら答えてくれた。

こんな些細《ささい》なやり取りがなんだか嬉しい。

その場の空気でお互い好きだと感じているような気はしているが、もしかしたら勘違いなのかもしれないと自分でブレーキをかけてしまう。

香澄のことは特別だと感じているけれども、自分の気持ちに絶対的な自信がなかった。

それにもし恋人同士になったとしても、いつか別れてしまうのならこのままでいたいなどという子供っぽい考えが頭から離《はな》れなかった。

香澄を意識するようになってから、あの時のことが頭によみがえることが増えた。

そう。

それは僕が中学3年の夏の話……。

夏休みは、ほとんど部活に費やしていた。

中学最後の大会が近く、みんな気合いが入っていたのだ。

茜《あかね》とも連絡は取るものの、毎日朝から晩まで部活に励んでいる分、メールの返事も短くなりがちで、徐々に回数も減っていった。

それでも、夏休みの最後に茜が提案してくれた花火大会の日は二人でデートもした。

茜は可愛らしい紺地に黄色《きいろ》いひまわり柄の浴衣《ゆかた》を綺麗《きれい》に着付け、少し恥じらいながら待ち合わせ場所で待っていた。

人の多さに茜を見失わないよう、僕はしっかりと手を握《にぎ》り締《し》めて歩いた。

茜は子供のようにはしゃぎ、楽しそうに出店を回っていた。

途中、小さな雑貨店に立ち寄り、茜が欲しそうに眺めていた風鈴のピアスを買ってあげた。

その日の浴衣によく似合う、ひまわりの柄の風鈴。

背の低い茜がそのピアスをつけると、浴衣姿のうなじに風鈴がゆらゆらと揺れ、とても繊細で綺麗だった。


そのデートから早1か月。

バスケの大会は惜しくも3回戦で敗れたものの、青春ドラマのようにやりきった達成感でいっぱいだった。

と同時に、受験生《じゅけんせい》として勉強に集中できなかった夏休みの分を取り戻さなければならず、平日も土日も受験勉強に明け暮れていた。

そんな時に茜から久しぶりに連絡が来たのだった。

「会いたいです」

そう一言書いてあった。

土日を空けることも難《むずか》しいし、平日は塾通《じゅくがよ》いで忙しく、正直デートをする時間はなかった。

それでもなんとか次の日の放課後《ほうかご》に一緒に帰る予定を立てた。

鈍感《どんかん》な僕は、花火大会の楽しかった思い出の中の明るい茜を想像することしかできなかった。

授業が終わると、下駄箱《げたばこ》で茜が待っていた。

ただいつものような笑顔はなく、少し俯《うつむ》き気味《ぎみ》で僕の顔を見てくれることはなかった。

「お待たせ。ちょっとお茶していく？」

僕はなんとなく暗い空気を払拭《ふっしょく》するべく、明るめに提案をしてみる。

しかし、茜は変わらず無言で俯いていた。

何も言わない茜に、何かしらの不穏《ふおん》な空気を感じつつ、僕はじっと茜のアクションを待っていた。

しばらくすると、茜は僕の顔を見上げ、何も言わずに動き出した。

無言のままついていくと、着いたのは体育館《たいいくかん》の手洗い場だった。

初めて茜が僕に告白した場所だ。

いくら鈍感な僕でも、茜が何か重大なことを言おうとしているのだと理解できた。

「茜……。何かあったの?」

僕は、茜の言葉を待った。

茜はしばらく時間をおいた後、僕を見て言った。

「私、思ったの。こうやって翔平《しょうへい》くんと一緒にいても、私だけ好きみたいで、今も片思いしてる気がするの」

正直、茜が言いたいことが僕にはよく分からない。

茜はゆっくりと話し始めた。

いつも優《やさ》しく接してくれているが、僕の気持ちが茜にちゃんと向かっているのか不安だったこと。

どれだけ一緒にいても、本心を見せてくれている気がしなかったということ。

今までの不安を吐き出すように、茜は涙ぐみながら話し続けた。

「私は翔平くんが他の女の子に優しくしているのを見るだけで、いつもすごく苦しかった。

でも、私が他の男の子と二人きりでいても全然気にしていなかったでしょう?」

思い返してみると、茜の気持ちは分かった。

茜が他の男子生徒と歩いている姿を校内で見かけることはあったが、相手が誰で、何故一緒にいたのかを茜に問いかけることはなかった。

気にしていなかったわけではない。

心の奥はチクチクと疼いていた。

でも、そんな気持ちは気づかないふりをして過ごしていた。

「翔平くん、私のこと本当に好きじゃないと思う」

茜はそう言うと、僕の手に何かを握《にぎ》らせ、走り去って行った。

手のひらを開くと、花火大会で買ってあげた風鈴のピアスだった。


僕は一人塾へ向かう電車に揺られながら、茜の言ったことを考えていた。

「本当の好きってなんだろう」

僕は僕なりに茜のことを好きだったと思う。

大切にしていたつもりだ。

茜への気持ちは『好き』ではなかったのだろうか。

もしそうでないなら、『好き』という気持ちは僕には到底理解できそうもない。

だいたい、僕は自分の本心というものがあまりよく分からないのだ。

小学生の頃から我慢《がまん》をし続けていたせいか、自分の心の奥で感情が揺さぶられていたとしても、自分を誤魔化《ごまか》し気づかないふりをする癖《くせ》がついてしまっている。

いつの間にか、それが当たり前になってしまい、逆に自分では感情の動きが感じられなくなってしまった。

茜は、そんな僕自身ですら見失ってしまった感情を一生懸命《いっしょうけんめい》探し続けていたのだろう。

その健気《けなげ》さがあまりにも茜らしくて、心が痛むような気がした。

最後に渡された風鈴をぼんやり眺めていると、気のせいか少し滲《にじ》んで見えた。

「翔平ってバスケやってたのか？」

球技大会の練習初日。

健太と呼吸を合わせてのパス回しとシュートを決め、少しの休憩時間に入った。

水を一口飲むと、健太は僕に駆け寄ってきてそんな質問を投げかけてきた。

「ああ、中学の時はバスケ部だったよ」

僕は今まで言わなかった罪悪感を拭《ぬぐ》うように素直に応《こた》えた。

健太は少し嬉しそうに、「言えよなー」と僕の肩を叩いていた。

何故か女子生徒たちが練習を見学しているようで、何人かが健太に声をかけて手を振っていた。

「さえけん、がんばってねー」

女子とも友達感覚の健太は、調子よく手をヒラヒラと振っていた。

僕はそんな状況に興味《きょうみ》はないとばかり、シューズの紐《ひも》を結び直した。

「お前もさ、愛想よくしとけばモテるぞ、顔はいいんだし」

健太が女子たちに聞こえないように耳元で囁《ささや》いた。

「いいよ、モテたいと思ってないし」

健太は何を言ってるんだ？というような表情をして僕を見返したが、練習が始まる合図が鳴《な》り響《ひび》き、僕はコートへ飛び出していった。


球技大会の練習は、思いのほか楽しかった。

ワトソンに行けないことや、香澄に会えないことは少し気がかりではあったが、それ以上にバスケが楽しかったのだ。

僕は、意外にもバスケが大好きだった自分に少し驚いていた。

「お前さぁ、モテたいと思ってないとか言ってただろ？」

荷物を片付けていた僕のところに来た健太は、開口一番にそう言った。

健太は恋愛の話が好きらしい。

先ほどの話を引っ張り出してきたようだ。

僕にとっては面倒《めんどう》な話以上の何物でもなかったが。

「なんで恋愛に興味がないわけ？　なんかあった？」

健太は理由を知りたいようだった。

本当のところ、僕にも理由は分からない。

「特にないけど……。あえて言うなら、前の彼女に、『あなたは私のことを本当に好きじゃないと思う』って言われて振られたからかな」

茜のことを思い出して話した。

健太はしばらく考え込んでいた。

「本当の好き……か……」

やはり健太でもよく分からないのだろうか。

僕は健太が答える言葉にほんの少し期待を寄せていた。

健太はそんな僕の気持ちを分かっているのか、一生懸命考えて答えてくれた。

「お前って、なんとなくだけど本心を隠してるっていうか、あんまり感情的にならない印象はあるかもしれないな」

健太はズバリと核心をついてきた。

僕は少し驚いて健太の顔を見る。

「悪い。ちょっと言いすぎた？」

いつもの癖《くせ》でズバズバ言ってしまったとでも思ったのだろう。

健太は少し不安そうな顔で僕を見ていた。

「あっ、いや……。その通りなのかもなぁと思って……」

僕はどう答えていいのか分からず、健太が気にしない程度に曖昧《あいまい》な返事で誤魔化《ごまか》した。

実際健太の言う通りだと思った。

しばらく無言が続いた。

「お前は俺《おれ》のことどう思う？」

恋愛中の女子のような発言である。

それでも僕が健太に実際聞いてみたいことだった。

健太が僕のことをどう感じているのかを知りたかった。

「はっ？　何それ？」

健太にはその意図が伝わらなかったらしく、怪訝《けげん》な顔をして僕に問い返してきた。

「あー、うーん。ほら、さっき言った本心を隠してるっての。お前は今までどう感じてたのか客《きゃっ》観的《かんてき》に聞いてみたくてさ」

なんとか説明できたと思う。

僕は健太の様子《ようす》を窺《うかが》った。

健太は少し悩んだようだが、あっさり答えてくれた。

「そうだなぁ。実は最初お前に近づいた時、ほんとに何考えてんだ?って思って興味が湧《わ》いたんだ」

同じクラスになった後、実際積極的《せっきょくてき》に話しかけてくれたのは健太くらいだった。

健太には友人が多いのに、何故僕に?と思っていたが、なるほど、あまりにも理解しがたいタイプだったから興味を持ったということなのか。

「しばらくは、なんか難しいゲームを攻略してるみたいな気分だったかもな」

健太はハハッと笑いながら言った。

僕もなんだかおもしろくなってしまい、一緒にクスクスと笑い転げてしまった。

「攻略って、お前ゲームじゃないんだからよぉ」

僕が言うと、健太はひとしきり笑った後に、少しマジメな顔をして答えた。

「実際ゲームみたいな感覚だったよ、最初は。お前全然しゃべってくれないし、何聞いてもちゃんと答えてくれないし」

一呼吸置く。

僕の様子をチラリと見る。

特に傷ついている様子もないと思ったのだろうか。

そのまま健太は話し続けた。

「でもちょっと前かな。お前に適当な答え方したら謝《あやま》られてさ。それから少しずつ話してくれるようになったなぁとは思ってたよ」

健太は少し嬉しそうにしていた。

「それに、母親の話とか、確《たし》かに他人に軽々しく話せる内容じゃないなと思ってさ。そういうのちゃんと話してくれたのは嬉しかったよ」

健太のこういう素直さが羨《うらや》ましい。

「あれ以来、そこそこ話してくれてるのかなーとは思うようになったな。翔平の本心とやらは理解できてるか分からないけどね」

なるほど。

やっぱり健太にはある程度伝わっているようだ。

僕自身が本心をよく分かっていないということも、実は健太には分かっているんじゃないかとすら思えてきた。

「ありがとな。俺も自分で本心とかよく分からなくてさ。それが本当の気持ちか？と言われても、そう思うけど自信はないな、としか答えられなくて……」

僕が正直に言うと、健太はうんうんと頷く。

「いいんじゃないか？　少なくとも俺には素直になってくれてるみたいだし」

健太はニヤリと笑って、僕の肩をポンと叩いた。

なんだか恥ずかしいし悔しい気もするが、こういう話ができたことがちょっと嬉しかった。

「実はさ……」

この勢いに乗ってしまえとばかり、健太に暴露《ばくろ》することにした。

香澄のことだ。

バイトに行っていること、そこで一緒にバイトしている4歳年上の香澄と出会ったこと、まだよく分からないけど、微妙な関係であること……。

健太は突然目を輝《かがや》かせながら話を聞いていた。

途中、何度か質問を混ぜてくる。

芸能人で言えばどんなタイプ？

性格はおっとり？　ハッキリ？

身長は？

相手の反応は？

聞かれるたびにいちいち思い出しては、できる限り答える。

大方話し終わると、健太は嬉々《きき》として言った。

「それはもう付き合うな」

なんで断言できるのか理解できないが、健太は自信満々に言った。

「誰《だれ》にも言うなよ、マジで」

今まで人にこういった話をしたことがない僕としては、それこそ清水《きよみず》の舞台《ぶたい》から飛び降りるくらいの覚悟で話したのだ。

絶対の秘密にしてもらいたい。

健太は「分かった分かった」とニヤつきながら答えた。

本当に分かっているのだろうか。

「今度そのワトソンっていうとこ、遊びに行っていいか？」

健太は何か企《たくら》んでいそうな顔をして言った。

変なことを言われたら困るので断りたいところだが、どうせ断ったところで遊びに来るに決まっていた。

「まあいいけど、香澄やマスターに変なこと言うなよ」

僕は念のため釘《くぎ》を刺しておいた。


球技大会の前日。

家に帰って香澄にメールをすると、思いがけず電話がかかってきた。

ワトソンで何かあったのだろうか？

緊急《きんきゅう》の用事だろうか？

「もしもし？」

僕は緊張して電話を受けた。

香澄からの電話ということもあり、どうしても声がかたくなってしまう。

「鈴木くん？　元気？」

香澄は思ったよりもずっと元気に話しかけてきた。

特に何か問題があったわけではなさそうで、僕はホッとする。

「どうしたんです？　突然の電話でビックリしましたよ」

僕が言うと、少しの沈黙のあと、香澄の小さな声が届いた。

「だって、明日《あした》が球技大会でしょ？　がんばってねって言おうと思って……」

その言葉に、僕は不覚にもドキドキしてしまった。

そんなことのために電話をかけてきてくれたのか。

「あー、ありがとうございます。がんばりますよ。バスケ楽しいですしね」

僕はそんな気持ちに気づかれないように、いつも通り答えた。

なんとなくくすぐったい空気が電話を通して伝わってくる。

香澄も、もしかしたら声が聴《き》きたかったのかもしれない。

そうだったらいいのに。

僕はそんなことを考えていた。

「明後日《あさって》にはバイト出ますんで。待っててくださいよ！」

僕が言うと、香澄は反論《はんろん》するかのように「何言ってんの～」などと返してきた。

最初は可愛いな、優しいな、放っておけないなと思っていただけなのに、いつの間にか声を聴くだけで嬉しくなるような存在になっていたことに、僕はそろそろ正直にならなければいけないと思い始めていた。

「球技大会終わったら、また飯行きます？」

僕は久しぶりに誘ってみた。

前回はお礼だったが、今度はれっきとしたデートのつもりだった。

香澄も快諾《かいだく》してくれると思っていたが、意外にも少し戸惑っているようで、僕は突然不安に襲《おそ》われ始めた。

「忙しい……ですか？」

弱気になって聞くと、香澄は「そんなことないよ」と強く否定して、深呼吸した後に言った。

「あのね。えーっと。鈴木くんと二人でご飯行くってことは、今度はちゃんとしたデートってことなのかな……」

香澄が口に出したデートという言葉は、僕にも香澄にも微妙な緊張感をもたらした。

「えっ。あ、ああそうなるんですかね」

僕は曖昧に濁《にご》してしまった。

デートのつもりだったのに。

でも、ちゃんと告白だってしていない。

付き合っているわけでもない。

正直、香澄の気持ちだって本当のところどうなのか分からない。

そんなことばかり考えて、少し自信がなくなってしまった。

「分かった。お店決めておくね。それじゃ」

香澄は、なんとなく複雑そうな声で答えて、あっさり電話を切ってしまった。

僕が調子に乗りすぎたのだろうか。

それとも曖昧に返事をしたのがいけなかったのだろうか。

さっきまでは自信満々だったのに、今は切れてしまった電話を眺めながら意気消沈していた。

どう会話を繋《つな》げればよかったんだろう？

そんなことばかりを自問自答していると、思いがけず健太から電話がかかってきた。

「何？」

いつも以上に無愛想になってしまったことに少し後悔する。

健太は相変わらず気にもせずに話し始めた。

明日の球技大会についてだった。

健太と僕の連携をどうするかの相談のようだ。

少し気が紛れる。

僕は真剣に話を聞き、健太と明日の対策を練った。

「じゃあ明日の朝練の時に最終チェックしような！」

健太は張りきって言い、電話を切ろうという雰囲気を出した。

「あっ、あのさ」

僕はさっきの香澄とのやり取りで少し自信をなくしていた。

健太に相談するのは癪《しやく》に障《さわ》るが、このタイミングで電話をかけてきてくれたことは本当にありがたかった。

先ほどの微妙な電話について話してみる。

健太はマジメに聞いてくれているようだった。

「なるほどなぁ。うーん」

大筋を理解すると、しばらく何やら考え込んでいるようだった。

「正直、翔平はその食事はどういうつもりで誘ったわけ？」

健太の問いにしばらく考え込む。

「前から食事に誘おうとは思ってたんだ。それがデートになるのも分かってた」

僕はゆっくりと考えながら話す。

健太は僕のペースを理解してくれているのだろう。

続く言葉をしばらく待ってくれた。

「電話がかかってきて、その理由が球技大会の応援だけで、正直向こうも気があって電話してきたのかなと思って、少し舞《ま》い上がってたのかもしれない」

そうだ。

香澄から電話がかかってきたことで、僕は舞い上がっていたんだ。

言葉にして少し自分自身を理解できた気がした。

「それで？　勢いでデートに誘った感じか？」

健太はスパッと切り込んでくる。

聞かれたことに対しての答えを一つ一つ探し出すのに、少し時間がかかってしまう。

「そうだなぁ。勢いと言えば勢いかなぁ。でも告白もしてないし、付き合ってもいないのに、デートってなんか変か？とか考えていた気がする」

健太の問いはまるでテストのようで、それの解答を探し出すと自分の本心が見つかるような、そんな錯覚《さっかく》すら覚えていた。

「お前はさぁ、やっぱり鈍感だよな」

少し呆《あき》れたような健太の声が聞こえる。

鈍いと言われても分からない。

「人の気持ちどころか、自分のことすらよく分からないからなぁ」

僕が答えると、健太は笑いながら答えた。

「まあその鈍感なところが翔平のいいところなんだよ。気にすることないんじゃないかな。ただな……」

健太は言葉を切った。

何を勿体《もったい》ぶっているのか、分かるような分からないような複雑な気持ちだった。

「お前はちゃんと香澄さんのことが好きなんだよ。だから次の食事はデートってことにして、きちんと告白しろ。ハッキリと伝えろ」

思いのほかそのものズバリと言われて、僕はドギマギしてしまった。

えっ……とかうん……とか曖昧な返事をしながら動揺を隠そうとしたが、健太はしばらく僕の反応を待っているようだった。

少しだけ考え直す。

好き……か……。

確かにそうなのかもしれない。

自分でもそう思った気がする。

でも、やっぱり茜の一言を思い出し、ふっと不安がよぎる。

「好き……か……。告白するのは別にいいんだけど、正直自分の気持ちに自信が……」

僕がぐずぐず言い出すと、健太が少し大きな声を出した。

「翔平！　過去は忘れろ。大丈夫だから」

ふと、背中を押されたような気がした。

電話の先にいるはずの健太が、いつものように僕の背中を叩いたような錯覚が起きたのかもしれない。

「そうか……。そうだな……。がんばってみるよ」

僕なりに前向きになった気がした。

健太は僕の様子を理解したように、「じゃあな」と言って電話を切った。

僕はしばらく健太に言われた言葉を反芻《はんすう》しながら、香澄にも健太にも恥ずかしいことをした事実に気がついた。

ふと顔を上げると、鏡《かがみ》には耳まで真《ま》っ赤《か》になった僕の情けない顔が映っていた。

第5章

君と僕

「お待たせしました」

香澄《かすみ》は既に待ち合わせ場所に着いていた。

この前の電話のこともあり、香澄に会うのが少し不安だったが、いつも通り優《やさ》しい笑顔《えがお》で僕を迎えてくれた。

「時間ピッタリじゃん。すごいねぇ」

香澄はそう言うと、今日《きょう》ランチに行くお店の場所を説明し始めた。

今日は少し背伸びして、和食《わしょく》のお店に連れていってくれるらしい。

最初は僕が店を選ぼうと思ったが、香澄はそういうセッティングが好きらしいのでお任せすることにした。

すっかり香澄のペースだ。

「じゃあ行こうか」

僕は香澄の手を握った。

まだ告白すらしていない。

もしかしたら手を握ることも拒否されるかもしれない。

拒否されたら、この後気まずい思いをすることになる。

そんなことを思い巡らせていたが、今日は勝負の日だと決めていたから怖気《おじけ》づいている場合ではなかった。

香澄は、前回よりも大きな反応はせず、自然に僕の手を握り返してくれた。

少しだけホッとして香澄を見る。

何故《なぜ》か目が合い、少し恥ずかしくなって苦笑いしてしまった。

「なんで笑ってるのよぅ」

香澄は嬉《うれ》しそうにニヤニヤ笑いながら突っ込んできた。

僕は聞こえないふりをしてどんどん前に進んでいった。


「ねえ、球技大会はどうだったの？」

手を繋《つな》いで歩いていることに慣《な》れてきたとは言え、それでも少し緊張《きんちょう》して手に汗を掻いていないか気にしていたら、香澄は自然な雰囲気で話しかけてきた。

全然緊張していないのだろうか？

「ああ、楽しかったですよ。一応準々決勝まで行けたし」

そう答えて、結果を知らせていないことに気づいた。

前日に応援の電話をもらったというのに、何気に失礼なことをしてしまった。

「そっか。よかったね！　1年で準々決勝ってすごいんじゃない？」

香澄は自分のことのようにはしゃいでいた。

人が自分のことをこんなに喜んでいる姿はあまり見ることがないので、なんだかとても新鮮《しんせん》だった。

「鈴木《すずき》くん、バスケやってたんだっけ？」

そういえば、バスケの話はあまり詳しくしたことがなかった。

「中学の時はバスケ一筋でしたねー」

僕は少しだけバスケの話をし始めた。

あまり人前で自分のことを言う経験《けいけん》がない分、まとまりのよい話ではなかったかもしれない。

それでも香澄は楽しそうに聞いてくれた。

「鈴木くんが自分の好きなことを話してくれることって珍しいから楽しいよ」

香澄は、ときどき質問を交えながら目的地まで僕のバスケの話を聞き続けてくれた。

女性はバスケの話なんて聞いてもおもしろくないと思っていた。

実際香澄が本当におもしろいと思っているのかどうかは分からない。

僕が香澄のコーヒーや紅茶の話を聞くのが楽しいのと同じように、相手が嬉しそうに興味《きょうみ》のあることを話してくれるという行為自体を楽しんでくれていたのかもしれない。

そう思うと、香澄の優しさに胸が締《し》めつけられた。

到着したランチのお店は、とても落ち着いた雰囲気で、高校生の自分が入っていいのか少し躊《ちゅう》躇《ちょ》するくらいだった。

「大丈夫よ。ここ、ランチはお手軽なんだ」

席に案内されると、香澄は小さく言った。

確《たし》かに、渡されたランチ用のメニューを見ると、とてもお得な値段だった。

なんの気なしに席に置いてある通常のメニューを開いて見ると、ディナーはさすがに手の出るお値段ではなかった。

「すごい店知ってるんですね……」

僕は尊敬と嫉妬《しっと》まじりに言った。

自分よりも年上で、僕の知らないことをたくさん知っている香澄の過去が気になってしまったのかもしれない。

「ここね、実はおじさんとお母《かあ》さんに連れてきてもらったことあるの」

香澄はこの店を知った経緯《いきさつ》を説明してくれた。

なるほど。

マスターと香澄のお母さんに連れてきてもらったのなら、なんとなく納得できる。

と同時に、相変わらず子供っぽい自分の嫉妬心が恥ずかしくなる。

ランチは和食のコースで、盛り付けも味も素晴《すば》らしかった。

出汁《だし》の味だろうか。

醤油《しょうゆ》やみりん、酒なども強い主張を全くしておらず、鰹節《かつおぶし》や昆布の優しい味がしっかりとついていて、繊細《せんさい》なのに旨《うま》みがたっぷり染み込んでいることに驚《おどろ》いた。

「いつも家では簡単な料理しかしてなかったけど、出汁をちゃんと取って作ると本当に美味《おい》しいんだなぁ」

僕は独り言のように呟《つぶや》いた。

香澄は頷《うなず》きながら、美味しそうに食事を進めていた。

美味しいものを一緒に食べ美味しいという気持ちを共有できるのはとても幸せなことなんだと実感した。


「ねえ」

食事が一通り終わり、食後にこれまた美味しい和スイーツを食べている時、香澄が声をかけてきた。

「ん？　どうかしたの？」

僕は目の前の抹茶白玉《まっちゃしらたま》あんみつから顔を上げた。

少し俯《うつむ》いて香澄は何か言おうとしていた。

「あのね、この前の電話のことなんだけど……」

電話？

ああ、デートの誘いをした時の電話だろうか？

なんだろう？

「うん？」

僕はやはり鈍感《どんかん》なのかもしれない。

「あのね……。あんまり気にしないでほしいんだ」

香澄の言いたいことを理解するまでに、しばらく時間が必要だった。

あの電話で気にするなというのはなんだろうか。

少しの間、無言になっている僕を少し気にするように香澄が覗《のぞ》き込んできた。

なるほどっ。

「デートってことかな？」と言っていたことか。

ようやく言いたいことが理解できた僕は、今日の自分の決心を見透かされた気がして少し動揺した。

「あ……あの……」

突然挙動不審《きょどうふしん》になる僕を見て、香澄は心配そうな顔をしている。

僕はスプーンを置いた。

きちんと姿勢を正して座り直す。

口についた抹茶アイスを拭《ぬぐ》い、お茶を一口飲む。

本当はもう少し落ち着いてからと思っていたけれど、タイミングは今だと悟った。

「香澄さん、あの……実は前から言おうと思っていたんだけど……」

僕がごちゃごちゃ言っていることを香澄はゆっくり待ってくれていた。

もう一度呼吸を整《ととの》える。

「僕、香澄さんのこと好きみたいです。あの、付き合ってもらえませんか?」

ハッキリ言えた! と思う。

香澄はくすっと笑って「みたいって何よ!」と言った。

僕はうっかり失礼な言い方をした気がしたが、それでも人生で初めての告白だったから自分にしては上出来だと思っていた。

香澄の茶化《ちゃか》す言葉を聞き流し、じっと目を見続けた。

笑いながら僕の告白を聞いていた香澄も、姿勢を正してお茶を一口飲んだ。

ダメだろうか……。

少し不安になる。

さっき繋いだ手のぬくもりを思い出し、なんとか自分に自信をつける。

大丈夫。

きっと香澄は受け止めてくれる。

「あのね……」

香澄はようやく声を発した。

「私、鈴木くんよりも4歳も年上だよ？　いいの？」

僕はハッとした。

そんなことすっかり忘れていた。

そもそも年上とか正直どうでもよかったが、香澄がそういうことを気にするのは当たり前のことだった。

「年上だってことすら忘れてたよ」

僕は少し笑いながら言った。

香澄も笑顔になる。

「そっか。でも、ほんとに私なんかでいいのかなぁ」

僕に聞こえるような独り言を呟くのはわざとなのか。

女性の感覚はよく分からない。

本当ならもう一度強く好きだと言ってもよかったのかもしれないが、生憎《あいにく》僕自身も好きになってもらえる自信がなかったから、ただただ無言の時を過ごした。

「あの……ダメ……かなぁ？」

無言に耐えかねて、とても弱気な発言をしてしまった。

恥ずかしいと思うが、正直な気持ちだった。

香澄は驚いたように顔を上げ、首を横に振った。

「違うの。ごめん。なんかいろいろ考えてたら自信なくなってきちゃって……」

そう言葉を漏らすと深呼吸して僕の顔を見返してくれた。

「私でよかったら、お願《ねが》いします。私も鈴木くんのこと好きだと思うの」

香澄は少し恥ずかしそうに微笑《ほほえ》んだ。

その可愛《かわい》らしい笑顔は、写真に残さなくても脳裏にしっかり焼きついた。

「はぁぁぁぁぁ、緊張したぁぁぁぁぁ」

僕は香澄のその言葉にホッとして、大きく息を吐き出しながら言った。

「私も！」

香澄もふぅっとため息をついた。

目が合うと急に恥ずかしくなって、お互いくすくすと笑い始めてしまった。

「返事が遅いから生きた心地《ここち》がしなかったよ……」

僕が笑いながら声をあげると、香澄も笑いながら答えてくれた。

「だって、4歳も年上だよ？　自分が高校の頃《ころ》のことを考えたら、もう絶対ありえない！って思っちゃって」

香澄の言葉に、僕は反射的に言い返した。

「むしろ、僕の方が自信なかったよ。4歳年下の男とか、やっぱり恋愛対象にならないかなって……」

本当に自信なさそうな言葉になってしまい、僕は情けない気持ちでいっぱいになった。

「そうよね。最初は自分でもまさか……って思ってたな」

僕は不安に襲われた。

「じゃあ、なんで？」

つい聞いてしまう。

香澄はにっこり笑ってすぐに答えてくれた。

「美味しいものを美味しいって一緒に笑いあえるって幸せなことじゃない？　それって価値観が似ているってことでしょ？」

確かにそうなのかもしれない。

一緒に食事をしていても、同じテンションで美味しさを分かち合えるのは香澄だけのような気がする。

僕はなんだか嬉しくなってしまった。

「でもワトソンのこと考えたら、付き合っちゃうとバイト上手くできないかな……とか考え始めちゃって」

僕はただ香澄と一緒《いっしょ》にいたいと思っていただけなんだけれど、香澄はちゃんとバイト先のことも考えていたことに少し驚いた。

「マスターにはしばらく言わないでおく？　ワトソンではいつも通りでいようよ」

僕が提案する。

「しばらくして落ち着いたらちゃんと二人《ふたり》で報告しよう。マスターが買い付け旅行から帰ってきた後くらいとか」

香澄は頷いてくれる。

「なんだかワトソンで会うのが恥ずかしいよね」

香澄は顔を赤らめながら、それを隠すように目の前で溶け始めた抹茶パフェをついている。

僕も一緒にバイトしている姿を想像して、なんだかとても気恥ずかしくなってあんみつを一気に口の中へ流し込んだ。

美味しい和食と美味しい和スイーツと、すごく恥ずかしい告白劇《げき》を終え、二人で店を出る。

自然と手を繋ぐことができることが嬉しかった。

「ねえ、鈴木くん。翔平《しょうへい》くんって呼んでもいいかな」

香澄が言い出した。

確かに鈴木くんじゃ変な気がする。

「もちろん。僕も香澄って呼んでもいい？」

手を繋いだまま、少し首をかしげて目線《めせん》を合わせながら言ってみる。

香澄は真《ま》っ赤《か》な顔をして頷いた。

「行こう！」

恥ずかしいのを隠そうとしているのか、香澄は繋いだ手を勢いよく引っ張っていった。

結局呼び捨てにしていいのか分からないまま、僕は香澄に引っ張られ、街の喧騒《けんそう》の中へ紛れ込んでいった。


「で？　どうなったわけ？？？」

学校へ行くと、健太《けんた》は早々に僕の机の前を陣取って言った。

昨日《きのう》がデートだったことを健太は覚えていたようだった。

「何が？」

僕は分かっているのにわざととぼけて見せた。

健太はじれったそうに椅子《いす》の背もたれを抱え込んでガタガタ動かしていた。

さわがしい男だな。

「香澄さんとのことだよう！」

健太なりに周りを気にしているのだろうか。

少し小声で言った。

なんだかその気遣《きづか》いがくすぐったかった。

「あぁ……あれね……」

僕はなんとなくおもしろくなって、少し陰鬱《いんうつ》な顔をして見せた。

案の定、健太はマイナスな受け取り方をしたらしく、どう言って励まそうか悩んでいるようだった。

しばらく健太を放置して、僕はカバンから荷物を取り出していた。

そんな僕の顔を下から覗き込んできて、「翔平？　大丈夫か？」と健太に問いかけられる。

本当に素直だ。

子犬のように純粋で可愛らしいので、ついついからかいたくなってしまう。

でも、あまりにも気の毒に思えたので、ちゃんと答えることにした。

「ああ、大丈夫だよ。ありがとな。上手くいったよ」

僕の言葉の前半が曖昧《あいまい》すぎたせいか、健太はしばらく不安げな顔をしていた。

少し時間を置いて、最後の一言を理解できたのだろう。

「えっ？？？」

健太は呟いて僕の顔を見直した。

ニヤリと笑って見せる。

ホッとしたような、嬉しそうな、でもからかわれて悔しそうな、そんな複雑そうな表情をして健太は僕の頭を叩いた。

「ふざけたこと言いやがってー！　よかったな！」

ニヤニヤ笑いながら二人でじゃれあっていたら、ＨＲが始まるチャイムが鳴った。

担任が教室に入ってくる。

健太は最後にもう一度僕の頭を小突くと、さっと自分の席に戻っていった。

なんだか少し嬉しくなってしまう。

にやけ顔が直らないまま、朝礼が始まった。

いつも見ている窓からの校庭も、退屈な担任の話も、なんとなく全《すべ》てが新鮮に感じてしまった。


相変わらず、僕の日常は学校とワトソンと家の繰《く》り返しだった。

ただ、以前から変わったのは、学校での健太との関係と、ワトソンでの緊張感、バイト後に香澄と帰る駅までの道のりの楽しさだった。

自分では意識《いしき》していなかったものの、充実した高校生活が始まっていたように思う。

テストもバイトも順調《じゅんちょう》に進み、世間は夏休みに入っていた。

僕と香澄はマスターを空港まで見送り、夏休み中は二人でワトソンの切り盛りをがんばった。

最初は二人きりなんてドキドキしてうまくいかないんじゃないかとか、ぎこちなくなってしまうんじゃないかとか心配をしていたが、生憎そんなことを考える暇もないほどに毎日忙しく、ワトソンでの二人は本当に単なる仕事相手でしかなかった。

ワトソンのバイトと、家での家事と、学校の宿題に追われ、あまりたくさんの時間は取れなかったものの、香澄とのデートも数回楽しむことができた。

美味しい食事をして、美味しい飲み物を飲む。

そのたびに幸せな空気に包まれる感じが、僕にとってはこれ以上ない喜びだった。

遊園地も生まれて初めて行った。

どうやら僕は絶叫マシンと呼ばれるものがことごとく苦手だったようで、香澄の手前かっこつけたかったのだが、常に青白い顔をする羽目になった。

香澄は逆にお化《ば》け屋敷《やしき》が異常に怖いらしく、僕の腕にしがみついてほとんど目を開けずに歩いていた。

こっそり後ろから手を回して驚かすと、涙を流しながら怖がって怒っていた。

なんだかその姿が可愛くて、暗闇《くらやみ》なのをいいことにぎゅっと抱き締《だし》めてしまったりもした。

香澄とのデートは、回を重ねるたびに、一緒にいられてよかったと思うようになった。

夏休みが終わる直前、マスターは真っ黒になって戻ってきた。

「ただいまー！」

空港まで迎えに行くと、今までに見たことのないくらい嬉しそうな顔でマスターがゲートをくぐってきた。

空港内のおしゃれなカフェで、マスターと香澄と僕で一服する。

マスターは普段《ふだん》無口な人だとは思えないほど、楽しそうに買い付け旅行の話をしている。

僕はそんな中、徐々に緊張が高まっていた。

今日マスターに報告しよう。

香澄と約束していた。

隣《となり》に座っている香澄からも、少しながら緊張が伝わってくる。

「ん？　二人とも何かあったの？」

マスターは旅行行程の半分ほど話し終えたところで、一息つきながら僕らの様子《ようす》を眺めた。

今言うべきか。

少し悩んで僕は口を開いた。

「夏休みの間、二人でしっかり切り盛りできましたよ！」

僕はなんとなくはぐらかすような感じで、ワトソンの話に持っていった。

香澄は拍子抜けした顔をしていたものの、一緒にワトソンでの報告をしてくれた。

「うまくいったんだねぇ。やっぱり僕が見込んだ二人なだけあるな！」

マスターはそう言うと、カバンを開け何やらゴソゴソと探し始めた。

僕が香澄を見ると、香澄は「もう！」とでも言うように口を膨《ふく》らませた。

すぐにお互い笑顔になる。

少しだけ緊張がほぐれた気がした。

マスターが顔を上げ、小さなキーホルダーのような物を二つ差し出した。

「これ、二人にお土産《みやげ》」

ピンクのストラップを香澄に、ブルーのストラップを僕にくれた。

手に持つと、シャラランといった少し変わった音がした。

「これ……鈴？」

香澄が聞く。

丸いボールのような物の周りにシルバーの模様がたくさんついているそれは、振ると日本《にほん》の鈴とは違うくぐもった音がした。

装飾がとても綺麗《きれい》で、香澄の物はとても女性らしく、僕の物は少しかっこいい男物のように見えた。

「これはね、バリ島《とう》のお土産で、ガムランボールって言うんだ」

マスターのガムランボールの説明が続く。

バリ島に古くから伝わる楽器「ガムラン」と同じ材料で作り、音色を閉じ込めたボールのことを言うそうだ。

ガムランは宗教の儀式《ぎしき》に使う神聖な楽器らしく、それを模して作られたガムランボールを身につけていることで願い事が叶《かな》うと言われているらしい。

「まあバリのお守りみたいな物かもね」

マスターが言うと、香澄は嬉しそうに早速携帯のストラップとして取りつけ始めた。

僕も同じように携帯につけるか迷ったものの、さすがに少し恥ずかしかったので、家の鍵《かぎ》に取りつけた。

「二人の願い事はなんだろうなー？　やっぱり恋愛かねぇ？」

いつものマスターなら口にしないようなことを話したので、なんだか気恥ずかしくなってくる。

海外に行って開放的になったのだろうか？

香澄が僕の脇腹《わきばら》を突く。

分かってるって。

今言いますよ。

「あの……マスター……」

相変わらず煮えきらない言い方の僕に、隣の香澄はソワソワしているようだった。

「どうしたの？　鈴木くん」

マスターはまだ残り半分の行程について話し始めようとしている様子だった。

「実はマスターにご報告したいことがありまして……」

マスターは一瞬《いっしゅん》パンフレットを広げる手を止め、続いて目の前にある紅茶を一口飲んだ。

「報告っていうのはいいことかな？　悪いことかな？」

ワトソンにいるいつものマスターに戻る。

この切り替えの早さに僕は驚いてしまった。

「あ……いいこと……だと思います……。ね？」

僕は香澄に同意を求める。

突然話を振られた香澄は、焦ってティーカップをガチャンとソーサーに置いてしまい、その行為にさらに焦ったようで、あたふたとしていた。

僕らのその様子を見て、マスターは何事か悟ったのかもしれない。

少し笑いながら、もう一口紅茶を飲んで僕が話し始めるのを待っていた。

「あの……実は……夏休み前くらいから、香澄さんとお付き合いさせていただいています」

報告と言っても、ワトソンのマスターに対して言うのか、香澄のおじさんに対して言うのか、僕はどうしたらいいかパニックになってしまい、なんだかかしこまった言い方になってしまった。

香澄が続けてくれる。

「あのね、球技大会の後くらいから付き合い始めたの。しばらく落ち着くまでは伯父さんに言うのはやめようって相談《そうだん》してて」

マスターにとっては、ある程度想定の範囲内《はんいない》だったのだろう。

にこやかな顔をして、うんうんと頷いてくれた。

「二人でワトソンを切り盛りすることもあって、ちゃんとそれができたらマスターにご報告しようと思っていまして……」

そう言うと、マスターはまた一口紅茶を飲んで口を開いた。

「バイトはちゃんとできたんだよね？　だから報告してくれたと捉《とら》えていいのかな？」

香澄と僕は顔を見合わせる。

「もちろんです。夏休みの間は、お客さんもたくさん来てくださったので、正直すごく忙しくて、仕事で手一杯という感じでした」

僕の真剣な顔を見て、マスターは嬉しそうに笑っている。

「二人がね、そのうち付き合うだろうなと僕は思っていたんだよ。でも、仕事もちゃんとやって欲しかったから、この買い付け旅行は二人にとってもいい機会だったのかもしれないね」

マスターの言葉を聞いていたら全てを見透かされていたような気がして、少し恥ずかしく感じた。

「これからもワトソンでは仕事仲間として、プライベートでは香澄の伯父として仲良くしような、鈴木くん」

何故《なぜ》かマスターに握手を求められ、ホッとしながら手を握り返した。

香澄はずっと隣でくすくす笑っていた。

「二人とも変なの！」

香澄の笑いに釣られて、マスターも僕も笑い出した。

窓の外は熱《あつ》い夏の日差しが照りつけている。

飛行機が雲一つない空を飛んでいく姿を眺めながら、僕ら三人は幸せな雰囲気に包まれていた。


マスターが戻ってきたワトソンは、やはり少し雰囲気が変わった。

もちろん、旅の思い出を飾りつけたマスターのセンスもよかったのだが、コーヒーも今まで以上に種類やアレンジが増え、知る人ぞ知る名店になっていった。

「いらっしゃいませ」

いつものベルが鳴ったので、瞬間的に接客を開始する。

ふと見ると健太と健太の彼女のようだった。

店員姿を見られるのが恥ずかしくて、一瞬隠れてしまおうかとも思ったが、そういうわけにもいかなかった。

「よう！」

健太は馴《な》れ馴《な》れしく手を挙げる。

「お二人様ですね。こちらへどうぞ」

僕は知らんぷりをして、二人を席に案内した。

一刻も早く帰ってほしいが、そういうわけにもいかないので、いつも通り水とメニューを持っていく。

「無視するなよー。普通にお茶しに来ただけなんだからさ」

健太がそう言うので、僕は店員らしくおすすめのケーキとコーヒーを他人行儀に説明した。

健太の連れてきた彼女は、背が高くヒールを履《は》くと健太と並んでしまうくらいだった。

ショートカットのよく似合う、知的な女性に見えた。

「俺の彼女。菜月《なつき》って言うんだ」

健太は僕に向かって彼女を紹介すると、すぐに菜月に向かって僕の紹介をし始めた。

しぶしぶ頭を下げる。

「押しかけてしまってすいません。健《けん》ちゃんが行くって聞かなくて……」

菜月は申し訳なさそうな顔をする。

「いえいえ。ごゆっくりどうぞ」

僕は笑顔で答えると、健太に注文を素早《すばや》く確認《かくにん》し、キッチンへ向かった。

カウンターの中から一部始終を見ていたマスターが手招きしている。

「休憩《きゅうけい》取っていいよ」

近づいた僕の耳元で囁《ささや》く。

いやいや、健太と菜月とワトソンでコーヒーを飲むなんて、たまったもんじゃない。

そう思ったものの、マスターの好意を無下《むげ》に断ることもできず、「ありがとうございます。それじゃあ少しだけ……」と言って、エプロンを外した。

健太と菜月のコーヒー、ケーキを用意し、自分が飲むコーヒーを淹れる。

お盆に全てを載せ、二人の待つ席へ持っていった。

「マスターが少し休憩していいって言うから……」

僕は少し不満げに言いながら、二人の前にコーヒーとケーキを置く。

隣の空いている席に自分のコーヒーを置き、健太の隣から少し離れて座った。

「なんでそんな怒るんだよー。今度行きたいって言ってただろー？」

健太が言うと、菜月が申し訳なさそうに「そんなこと言わないの！」と健太を制していた。

なんだかおもしろいカップルだ。

「いや、別に来てもいいけどさ。せめて事前に言ってくれよ」

僕は少しぶっきらぼうに答えた。

もうそんなに怒ってはいない。

正直ただビックリして恥ずかしかっただけだ。

それでも、すぐに素直になれないのは自分でも分かっていた。

「まあ、いいからここのコーヒーとケーキ、本当に美味しいから味わってみてよ」

僕はそう強調して、ゆっくりと自分の淹れたコーヒーを飲んだ。

マスターは僕の代わりに他のお客さんの対応をしている。

香澄はキッチンで洗い物をしているようだった。

「美味しい！　このケーキ買って帰りたい！」

菜月はとても嬉しそうに用意したケーキを頬張《ほおば》っていた。

気に入って買って帰りたいと言ってもらえるのはとても嬉しいことだった。

「このケーキ、香澄が焼いてるんだ」

なんとなく香澄を褒《ほ》めてもらった気がして、健太と菜月に説明してしまった。

「あっ、香澄さんっていうのが、翔平の彼女さんね」

健太がご丁寧《ていねい》に注釈を入れる。

菜月はうんうんと頷き、香澄にこの感動を伝えたいなどと言い出した。

マスターが注文を聞き終わって、ちょうど通りかかった。

「鈴木くん、香澄呼んでこようか？」

また余計な気を利かせてくれた。

これ以上恥ずかしい思いはしたくないから丁重《ていちょう》にお断りしたいところだったが、健太と菜月が嬉しそうに「お願いします！」と声を合わせた。

マスターも嬉しそうにニコリと笑って、キッチンへ消えていく。

僕は二人に聞こえるように大きなため息をついた。

「お待たせしました」

しばらくすると、コック姿で帽子だけはずした香澄が僕らのいる席にやってきた。

手にはコーヒーを持っている。

時間帯的にマスターが一人でお客さんの対応するつもりなのだろう。

香澄は僕の向かい側の席にコーヒーを置き座った。

「これが健太。佐伯《さえき》健太。同じクラスのやつ。で、この方が健太の彼女で菜月さん」

僕はまたしてもぶっきらぼうに二人を香澄に紹介する。

「前野《まえの》香澄です」

香澄はペコリと頭を下げた。

「全然年上に見えないな」

健太は香澄に聞こえるくらいの声で話しかけてきた。

相変わらず失礼にもほどがある。

「お前なぁ。初対面の人に向かってそれはないだろう」

僕が怒ると、香澄はくすっと笑って「いいのよ」と言った。

「ほんと、失礼なやつですいません」

何故か菜月が香澄に謝《あやま》っている。

この二人はいつもこんな感じなんだろう。

それが暗に想像できて少し微笑ましかった。

「香澄さん、このケーキ作られたんですよね？　すごく美味しいです！　私通っちゃうかも……」

菜月は香澄にケーキの感想を一生懸命《いっしょうけんめい》伝えていた。

女性陣二人で話に花が咲き始めたようだった。

「ってか、ほんと年上に見えない可愛らしい人だな。香澄さん」

健太が僕にだけ聞こえるように言ってきた。

「だからなんだよ。もう別にいいじゃねーか」

あんまり香澄のことを聞かれたりするのは苦手だった。

そもそも自分のプライベートな部分を人に見せるのが苦手なのだ。

「でもさ、お前香澄さんと付き合うようになって、なんとなく影《かげ》が減ったっていうか、明るくなったっていうかさ。だから香澄さんに会ってみたかったんだ」

健太はそんなことを言い始めた。

確かに、香澄と付き合うようになってから、母親のことも健太とのこともバイトのことも、万事がうまくいっている気がしていた。

少し嫌《いや》なことがあっても、香澄が笑顔で受け止め、最後には笑い飛ばしてくれるから、今までのように心に蓋《ふた》をして傷つかないふりをすることも減ったように思う。

僕はそんなことを考えながら、自分のコーヒーを一気に飲み干した。

女子トークがそろそろ終わりそうだ。

いつまでも休憩しているわけにはいかない。

「俺はコーヒー飲み終わったし仕事に戻るよ。二人はゆっくりしていって」

香澄を少し見てから、僕は二人に挨拶《あいさつ》して席を立とうとした。

急に手を引っ張られて、椅子にしりもちをつく。

健太だった。

コノヤロ――！　と健太を睨《にら》もうとしたら、健太は僕のことなど見向きもせずに香澄に向かって言った。

「コイツ、こんなんですけど、よろしくお願いします。あんまり本心言えないやつですけど、ほんといいやつなんです」

健太はペコリと頭を下げた。

僕も香澄もポカンとしてしまう。

そもそも健太がそんなこと言うなんて思ってもいなかった。

恥ずかしいし、余計なこと言うなよ、と思うけど、それでも少し嬉しかった。

香澄はにっこり笑って頷くと、すぐに答えた。

「もちろん！　私のほうが翔平くんに助けられてること多いのよ」

僕のことをチラリと見ると、一息ついて続けた。

「翔平くん、素直じゃないけど健太くんのこと大好きだと思うの。だから私のことなんて気にせず、

「二人ずっと仲良しでいてね」

そう言うと、自分のコーヒーを一気に飲んで立ち上がった香澄。

菜月にバイバイと小さく手を振ると、さっとキッチンへ戻っていってしまった。

後に残された僕は、健太と香澄の言ったことを反芻《はんすう》して、なんとも言えない気分になっていた。

「翔平さん、健ちゃんにも香澄さんにも愛されてるんですね」

菜月の言葉を聞いて恥ずかしくなり、僕は何も言わずコーヒーカップを持ってその場を後にした。

僕の背後で、健太と菜月が嬉しそうに僕らの話をしているのが聞こえてきた。

人に愛されるという機会をストレートに感じることなど、生きていてそう多くはないと思う。

僕はそんな状況を受け止めきれず、エプロンをつけ直して仕事に戻った後も、なんとなく現実味のないふわふわとした感覚を味わっていた。

第6章

不穏な空気

1年の終わりには進路指導《しどう》があり、それを元に2年以降のクラス分けが決まってくる。

そんな折、健太《けんた》と進路について話す機会があった。


「翔平《しょうへい》はさ、大学どんなとこ行くつもり？」

学期末テスト1週間前。

部活が休みの健太と一緒《いっしょ》に帰る電車の中だった。

健太が急にマジメな話をしたので、ビックリしたことを覚えている。

「俺は教員の免許取れるところに行くつもりだよ。たぶん化学とかそっち系の研究ができるところかな」

僕は健太にそう答えた。

別に夢だったわけではない。

ただ、母が小学校の先生だったこともあり、僕が教師になることを望んでいた。

もちろん強要などされていなかったが、唯一の肉親である母の望みは叶《かな》えなければいけないという使命感があった。

「そういうお前はどうなんだよ」

健太から振ってきた話題だ。

むしろ聞かなければいけない気がしていた。

「俺？　俺はね。医学部行くんだ」

僕は、その言葉を聞いた瞬間《しゅんかん》固まってしまった。

間抜けな顔をしていたと思う。

健太は少し恥ずかしそうに笑いながら、身の上話をし始めた。

家が個人病院をしていること。

姉が既に医師免許を持っているものの病院を継ぐ気がないようなので、自分が跡を継ぐことになりそうなこと。

健太のキャラクターと医師という職業があまりにもかけ離《はな》れていたため、僕は衝撃《しょうげき》を受けた。

もちろん、僕と教師という職業もかけ離れていることに違いないが。

「お前が教師で俺が医者なんて。世も末だな……」

健太の言葉に、二人《ふたり》で苦笑いしながら電車の窓に映る夕焼けを眺めた。


あれから数か月。

進路別に分かれた2年のクラス替えでも、幸いというべきか、健太と僕は同じクラスになった。

健太は相変わらずのキャラクターながらも、コツコツと勉強しているようだった。

もちろん僕もそれなりに勉強はしていたものの、医学部を受ける健太には遠く及ばないと思っていた。

「俺さぁ、一応浪人しないで行きたいんだ」

健太は休憩《きゅうけい》時間にボソリと呟《つぶや》いた。

「そうか……。お前も結構マジメだなぁ。もちろん俺も浪人するつもりはないけど」

少しくすぐったい気もしたが、進学校ということもあり、クラス中が既に受験《じゅけん》モードだったため、さほど違和感のある会話でもなかった。

「でもさ、バスケも最後までがんばりたいんだよな……」

健太は少し含みのある言い方をした。

バスケ部は高校2年の夏が引退試合になる。

これから夏休みまでが部活の一番忙しい時期だ。

勉強との両立も大変なのだろう。

悩みも増えるだろうなあ、などと考えていると、生憎《あいにく》話の続きをする前にチャイムが鳴ってしまった。

すぐに明るい健太になって、「また後でな」と言い残すと颯爽《さっそう》と席に戻っていった。

逆に僕が気になってしまう。

どうしたのだろう……？

昼休み。

毎日部活の練習に行く健太を捕まえ、昼を一緒に食べる。

「お前さ、何か悩んでるのか？」

僕は思いきって聞いてみた。

健太は少し驚《おどろ》いた顔をして僕を見返した。

僕が相当鈍感《どんかん》なはずだと思っていたからだろうか。

それとも、そういう話を積極的《せっきょくてき》にしてくるとは思っていなかっただけなのかもしれない。

昼ご飯として買ってきた焼きそばパンを一口食べてから、健太はポツリと話し始めた。

「菜月《なつき》のことなんだけどな……」

菜月と言えば、健太の彼女である。

ワトソンに突然現れて以来、なんだかんだと会う機会《きかい》が増えた。

彼女は近くの女子高に通う同じ歳の女の子で、香澄《かすみ》と仲良くなったこともあり、ダブルデートのようなものも何度かしたことがあった。

いつも健太を諫《いさ》めるように怒りながらも、二人が仲良さそうにしてるのが微笑《ほほえ》ましかった。

「菜月ちゃんがどうかした？」

僕は彼女のすまなそうな顔を思い出しながら言った。

菜月はいつも健太のことで謝《あやま》っている気がした。

「部活も忙しいし、勉強も結構忙しくて、どうしてもすれ違うことが増えてきてさ……」

健太が言うには、菜月と会える時間が減り、徐々に疎遠になってきてしまったとのこと。

もちろん二人ともお互いのことを好きという気持ちは変わらないようだったが、菜月と二人で週末に話し合う予定らしい。

話し合うというのは、当然別れを視野に入れてのことだろう。

僕はどうしたらいいか少し戸惑った。

「菜月ちゃん、いい子だよな。健太とすごくお似合いだと思ってるよ」

当たり前だし、なんの解決にもならないことなのに、つい言ってしまった。

健太は少し悲しそうな顔をしていた。

「菜月も俺もさ、好きな気持ちは変わらないんだ。でも、将来を邪魔《じゃま》したくないっていう気持ちもお互い強くてさ……」

二人とも似た者同士のカップルなのだ。

明るく振《ふ》る舞《ま》う二人なのに、実は繊細《せんさい》で相手のために身を引こうと思ってしまうところがあるようだった。

「菜月ちゃん、将来の夢があるのか？」

健太の夢のためだけだったら別れる必要はないのではないか。

そんな気がしていた。

「実は、菜月、結構お嬢様《じょうさま》でさ」

健太が言うには、菜月は大地主の一人娘《ひとりむすめ》で、高校を出たら花嫁修業をしろと言われているらしい。

時代錯誤《じだいさくご》にもほどがあると菜月の父親も反対しているらしいが、なかなか堅物《かたぶつ》なお祖父《じい》さんに話を聞いてもらえないとのこと。

「菜月自身は大学に進学して、企業でバリバリ働きたいんだって」

確《たし》かに、バリバリのキャリアウーマンになるイメージは簡単《かんたん》に持てる。

それにしても資産家の娘と医者の息子《むすこ》とは、なんとも金持ちカップルだなぁなどと、僕はどうでもいいことを考えていた。

「だから、菜月は高校を卒業したら家を出て、県外の大学に進学するつもりなんだって」

志望校の名前は、かなり有名なところだった。

医学部を目指す健太と同じくらい、勉強もがんばらなければいけない。

「志望校、遠いな……」

僕は軽く呟いた。

おそらく、大学に合格したら遠距離《えんきょり》になってしまう。

そのことも二人の気持ちを迷わせている要因なのだろう。

正直に言うと、そんなこと気にせずに今、一緒にいたいならいればいいじゃないか、とも思うが、健太も菜月もそれでは自分自身が納得できないのだと考えると、二人ともマジメすぎるなと苦笑してしまった。

「お前はそういう悩みないの？」

健太に問われて、あまりにも自分はそういうことを考えてなさすぎることに気づいた。

「香澄と将来のことか……」

少し考えてみる。

そもそも僕自身、教員免許を取った後のことなど何も考えていない。

教職に就《つ》くこともできるだろうが、自分が教師に向いているとは全く思っていない分、あまりピンとこない将来だった。

大学は教職免許がとれるところを条件にしていたが、それだけでは続かないのではないかという不安もあり、進路相談の時に先生に提案してもらった理学部を志望している。

大学で選ぶ学部によっては、研究職なんかもいいな。なんて漠然と考え始めていた。

反対に香澄はどうだろう。

パティシエとしていずれは自分の店を持ちたいというのが夢だ。

今年《ことし》で専門学校を卒業する。

その先のことはまだ聞いていなかった。

お金が貯《た》まるまでワトソンで働くのかな。

そんなことを考えていた。

健太と菜月のように、ちゃんと向きあって考えなければいけないタイミングなのかもしれない。

「俺はまだ夢とかあんまりよく分からないからさ。教員免許が取れて、おもしろそうな研究ができる大学に進みたいくらいしか考えてなかったなぁ、そういえば」

僕は正直に話した。

「それに香澄も今年で学校卒業だけど、そのままパティシエとして働く以外の話をちゃんとしたことはなかったかもしれない……」

健太に話しながら、僕は徐々に不安が募ってきた。

二人で大きなため息をつく。

昼ご飯を食べ終わると、健太は時計《とけい》を見て急いでバスケの練習に向かう準備を始めた。


「お疲れ様でーす」

僕はいつも通り、学校の後にワトソンへやってきた。

徐々に受験モードということもあり、今まで毎日通っていたバイトも週3回にするという相談をしたばかりだった。

「おっ、鈴木《すずき》くん、お疲れさん」

出迎えてくれたマスターの隣には、見知らぬ男性が立っていた。

「香澄、ちょっと来てくれるかい？」

マスターがキッチンにいた香澄を呼ぶ。

香澄が到着するまでの間、僕は何を話していいのか分からず、マスターの隣にいる男性をただ眺めていた。

香澄が来ると、マスターが口を開いた。

「彼は幸田《こうだ》翼《つばさ》くん。鈴木くんと交替で入ってもらおうと思ってるんだ」

マスターに紹介されると、幸田はペコリと頭を下げた。

「幸田くんはね、私と同じ学校の後輩《こうはい》なんだよ」

どうやら香澄が連れてきたらしい。

僕は少しだけムッとした。

なんで香澄は誇らしげなのか、なんとなく悔しかった。

「幸田翼です。香澄さんの後輩なんですけど、僕は和菓子のほうをやってます」

香澄はパティシエを目指しているから洋菓子科、幸田は香澄とは違う和菓子科に通っているようだった。

「鈴木です。よろしくお願《ねが》いします」

僕はあまり不機嫌《ふきげん》さを出さないように注意しながら自己紹介をした。

マスターと香澄が、幸田に僕の説明をし始めた。

幸田は笑顔《えがお》で二人と会話をしている。

せっかく僕の居場所だと思っていたワトソンが、少し居心地《いごこち》悪くなるような気がして不愉快極まりなかった。

「鈴木くん、彼は実家が和菓子屋なんだって。だから接客とかを学ぶためにうちに来てくれたんだ。しばらくは一緒に入って教えてくれるかい？」

マスターは幸田の教育係を僕に決定したようだった。

「分かりました」

僕は軽く返事をすると、会釈をして荷物を置きに事務所へ向かった。


「鈴木くんはなんでワトソンでバイトを？」

幸田にレジを教えるため、常連さんの会計を一緒に済ませる。

一通りレジの使い方を教えると、僕はカップなどを片付けに戻ろうと思っていた。

幸田と仲良くなりたいなんてこれっぽっちも思っていなかったが、彼自身に何か悪気があるわけではなく、僕がただ嫉妬《しっと》しているだけだ。

そう考え直し、少しだけ立ち話をしようと思った。

「僕はワトソンの常連だったんです。中学の頃《ころ》から……」

簡単に経緯《いきさつ》を説明する。

幸田は人のよさそうな顔をしてふむふむと聞いていた。

「中学の頃から通ってるなんて、鈴木くんリッチだね」

別に悪い意味で言っているわけではないだろう。

それでも、なんとなく言葉に棘《とげ》を感じてしまった。

「そうかな」と簡単に返事をし、僕はすぐにその場を立ち去った。

常連さんのテーブルを片付けながら、幸田という人間について考えていた。

和菓子屋の息子。

香澄の後輩。

それだけじゃない。

ワトソンをバイト先として紹介したということは、香澄にとって多少なりとも特別な相手だったに違いない。

ワトソンは僕も香澄も大切にしている場所だ。

軽々しく人にバイトを勧めるような場所じゃない。

そう思うと、香澄と幸田の間にある、それなりに親しい間柄というのが気になって仕方がなかった。

と同時に、やきもちを焼いているらしい自分に少しだけ驚いた。

そんな感情が湧《わ》くとは思ってもいなかったからだ。

バイトが終わると、香澄といつも通り待ち合わせた。

香澄の姿が見え、少し嬉《うれ》しい気持ちになった瞬間、地に落とされた気分になった。

隣に幸田がいたからだ。

「翔平くん、幸田くんも駅まで一緒に帰ろうかと思って」

僕は香澄の無神経さに眉をひそめた。

健太と将来の話をしたばかりで、香澄とはマジメな話がしたかった。

それに、バイトと勉強で忙しい僕らにとって、駅までの短い時間は大切なデートの時間だと思っていたからだった。

香澄はそんな僕の気持ちに気づいていないのか、幸田と僕に挟まれる形で歩き始めた。

自分が連れてきたという責任感もあるのかもしれない。

僕よりも幸田に顔を向けていることのほうが多い香澄の態度に、僕は心の奥がチクチクとうずく感じがした。

駅までの道のりで僕が声を発したのは、ほぼ相槌《あいづち》だけだ。

駅に着くと、香澄と幸田は同じ方向の電車に乗るということで、改札を抜けたところで別れた。

最後まで、香澄は幸田に気を遣っていたようだった。

僕は、香澄の性格を理解しているつもりだ。

困った人がいれば助けてあげたい。

姉のように人の面倒《めんどう》を見てあげたい。

香澄はそういう人だ。

だから香澄にとって、僕ではなく幸田に気を遣《つか》うのは当たり前のことだったのかもしれない。

僕は気を遣わなくていい相手だと認識《にんしき》されているのだとしたら、それは喜ぶべきことなのかもしれない。

そんな風に自分を誤魔化《ごまか》してはみるものの、反対側のホームに立つ二人の姿を見ると腹が立ってくるのを抑えられなかった。


「ただいま」

まだムカムカを抑えられないまま、僕は家に着いた。

母は既に帰っていて、洗濯物《せんたくもの》を畳んでいた。

「いいよ、そんなこと俺がやるから、母《かあ》さんはテレビでも見て休んでてよ」

さっきの苛立ちがまだ残っているせいで、母にも少し言い方がきつくなってしまった。

「たまにはいいじゃない」。母はそう言いながら洗濯物を畳み続けた。

「いいって言ってるだろ！」

自分でもそんな声を出すのかと驚くほど大きな声で怒鳴《どな》った。

母はビックリして手を止めた。

「ごめんなさい」

そう言うと、畳みかけの洗濯物を置いて、寝室のあるほうへ行ってしまった。

こんなのただの八つ当たりだ。

香澄に対して苛立っているのに、母に怒鳴る理由など何もなかった。

母は何も悪いことをしていない。

そう頭では理解しているものの、苛立ちが収まる気配《けはい》はなく、素直に母に「ごめん」と言うこともできずにいた。

トゲトゲした気分を変えるために夕飯の支度《したく》を始める。

寝室のほうからテレビの音が聞こえた。

母はきっと傷ついているだろう。

なんで僕はあんな言い方をしてしまったのか。

夕飯を作りながら、憂鬱《ゆううつ》な気持ちばかりが湧き上がってきた。

今日《きょう》の夕飯は大根と鶏《とり》の手羽の煮物。

手羽は多めに買って、自分用に追加でから揚げを作った。

母には野菜のマリネも用意する。

「母さん……さっきは怒鳴ったりしてごめん」

夕食の準備ができると、僕は寝室のふすまを隔てて中にいるはずの母に声をかけた。

しばらくテレビの音が流れている。
「なあ、ごめんってば」
もう一度声をかけるが返事がない。
少し腹が立ってふすまを乱暴《らんぼう》に開けると、母が苦しそうに横たわっていた。
「母さん？　母さん？　どうしたの？？？」
僕は焦った。
僕が怒鳴ったから母は気分が悪くなったのかもしれない。
いや、そうじゃない。
もしかしたら手術の後に先生の言っていた事態が今起きたのかもしれない。
僕は焦って母の体を抱き上げた。
熱《あつ》い。
熱《ねつ》が高いようだ。
すぐに布団に寝かせ、体温を測る。
同時に水と手帳を持ってくる。
ここのところ熱は出ていない。
手帳に時間と体温を記入した。
もう夜だ。

診療《しんりょう》時間外になっている。

どうする。

母を病院に連れていくのか。

一瞬のうちにいろいろと考え、ひとまず母の着替えを準備する。

おでこを少し冷やしながら、母に話しかける。

「母さん？　聞こえる？」

何度か話しかけると、母は小さく頷《うなず》いた。

ただ息が荒く、声を出すのは苦しいようだった。

「母さん、いつから調子《ちょうし》悪かったの？　帰ってきた時は大丈夫だった？」

僕は必死に問いかけた。

先ほど洗濯物を畳んでいる時は熱があるように見えなかったからだ。

この1時間で急激《きゅうげき》に熱があがるだろうか。

不安が募る。

おでこを冷やし、水分を摂らせ、パジャマに着替えさせると、いくらか落ち着いてきたようだった。

「翔平……。心配かけてごめんね」

母はまた謝っていた。

「いつから調子悪かったの？　無理するなって言ってるだろ」

僕はどうして優《やさ》しい言葉をかけられないのだろう。

辛《つら》いのは母なのに……。

「帰ってきた時から少し熱っぽいかなと思ってたんだけど……」

母はそう言って水を一口飲んだ。

どうやら洗濯物を畳んでいる時も少し熱っぽかったようだった。

全然気がつかなかった。

無理をして元気に振る舞う母の姿を見慣《みな》れてしまったが故、小さな変化を見逃《みのが》してしまっていた。

「気づけなくてごめん。それに怒鳴ったりして……」

今までなら言えなかった言葉が口をついて出てきた。

嬉しかった。

と同時に、そんな言葉を素直に言えるようになったのは、健太と香澄のおかげなのかもしれない。

そう思えてならなかった。

「ちょっと先生に電話しておくから」

僕は母の状態が安定したところで、一旦《いったん》寝室を出て主治医の先生に携帯で連絡を入れた。

状態を報告すると、ひとまず今日はこれ以上熱が上がらないなら様子《ようす》を見て、明日《あした》病院へ来るようにとのことだった。

熱が上がっていくようなら、すぐに連絡を入れて病院へ来なさいとも言われた。

今晩は母の傍を離れるわけにいかなかった。

食卓の上に置いた携帯が鳴った。

メールだ。

おそらく香澄だろう。

幸田とのことで腹を立てていたこともあり、すぐにメールを見る気にはならなかった。

僕は母に向かって言った。

「おかゆ作るから食べられるかな?」

母は小さく頷いた。

僕はふすまを開けて母の様子が見えるようにした状態で、作った夕飯にラップをかけてご飯だけを鍋《なべ》に戻しておかゆを作り始める。


次の日、学校に遅刻の連絡を入れて、朝一番で母を病院へ連れていった。

幸い、熱は下がっていたようだったが、母の病気が進行している可能性もある。

大事を取って一泊入院することになった。

手続きを済ませ、母を病室へ見送る。

「ちょっと先生と話してくるから」

僕はそう言うと、母の正面にあるテレビをつけてその場を離れた。

廊下で主治医と話をする。
「今日の午後、検査をしておくから、その結果が出たらすぐに連絡をするよ」
主治医の先生が僕に説明をしてくれた。
1年前の手術は無事成功していたが、いつ急変するか分からない。
定期的に検査はしているものの、常に注意が必要だった。
今回も単なる発熱、風邪《かぜ》以外の可能性もあり得る。
そのための検査入院だ。
風邪だと判断されれば1日で退院できるだろう。
僕は主治医に挨拶《あいさつ》をし、母にもう一度顔を見せてから学校へ向かった。

学校へ向かう途中、昨晩届いていたメールを確認《かくにん》する。
やはり香澄から2通届いていた。
1通目はバイト終わりの労《ねぎら》いのメールだ。
僕が腹を立てていたことには気づいていないようだ。
2通目は返信がないことに疑問を感じたのだろう。
何かあったのかな?というような趣旨《しゅし》のメールだった。
僕は何をどう説明すべきか迷っていた。

腹が立ったことは単なるやきもちだと思う。

それを香澄に伝えるべきだろうか。

幸田との関係だって問い詰めたい。

きっと何もないと言われるだろうけど、それでも何故《なぜ》幸田をワトソンに連れてきたのかちゃんと聞きたかった。

ただ、そのことよりも今は母の病状のことが気になっていた。

それも香澄に言うべきか迷う点の一つだ。

実際、熱が出ただけで検査結果が出ていない。

昨日《きのう》の晩の話をするには、まだ時期《じき》尚早《しょうそう》な気がする。

かと言って、昨日の晩返事をしなかった理由を説明するのも難《むずか》しい。

僕は学校へ向かうバスの中で、悶々《もんもん》としながら携帯を握り締めていた。


学校に着くと、授業は3限目が始まるところだった。

僕は結局返事をしていない香澄のメールをどうするか、そして母の病状はどうなったか、そんなことばかり考えていた。

昼休みになると、健太が昼ご飯のパンを携えて席にやってきた。

「翔平、今日はなんで遅刻なんてしたんだ？」

健太は至極当然な質問を口にした。

僕は何から話そうか迷っていた。

香澄とのことを相談《そうだん》したいところだが、今は遅刻の理由と母の話のほうがいいだろうと判断した。

「あれ、今日は珍しくパン？」

いつも作ってきていた弁当を持っていないことに健太が驚いていた。

病院のコンビニで買ってきたパンを持ってきただけだ。

「ああ、今日はちょっと作る暇がなくて……」

そう言うと、健太は寝坊でもしたのか？と聞いてきた。

僕は昨晩からのことを簡単に説明する。

健太はすぐに神妙な面持《おもも》ちになり、まるで自分のことのように苦しそうにしていた。

「何事もないといいな……」

健太はまた少し涙目になりながら言った。

その姿を見て、僕はまた少し不安になった。

「菜月ちゃんとは連絡取ってるのか？」

僕は香澄の話を切り出せず、健太の話を聞き出そうと話しかけた。

「メールはしてるよ。やっぱり好きだなぁって思って悔しくなるけど」

健太はまるでもう別れを決めているかのように言った。

おそらく菜月も同じように思っているのだろう。

この二人の別れは避けられないのかもしれない。

健太に対して気の利いたことも言えなければ、二人を別れから遠ざける術《すべ》も考えつかない自分が情けない。

「お前ら、やっぱり別れるつもりなのか……」

僕は二人に別れて欲しくないということだけは伝えたかった。

健太は少し意外そうな顔をして僕を見ていた。

「お前がそんなこと言うとは思わなかったよ」

少しだけ嬉しそうだった。

僕は勇気を出して、思っていることを伝えてみようと思った。

「お前ら二人ってさ、すごくお似合いだと思ってたよ、ずっと」

僕の言葉に、健太は少し驚いた様子だった。

そういう話を僕がするとは思っていなかったのだろう。

「お前の少し無鉄砲なところを菜月ちゃんは上手《じょうず》にカバーしてくれててさ。お前には菜月ちゃん以上の子はなかなか見つからないんじゃないかとも思ってるよ」

あまりうまく言えないが、できるなら健太と菜月がこのまま続いてほしいという気持ちを精一杯込めてた。

健太は頷きながら、少し悲しそうに僕の顔を見た。

「俺もさ、菜月以上の子に会えるなんて思ってないんだ……」

そう言いながら、買ってきた牛乳を一口飲んだ。

先ほどの母の話のせいなのか、それとも菜月の話のせいなのか、健太の目はまだ潤《うる》んでいるようだった。

パンを一口食べると、腕でぐっと目の辺りを拭《ぬぐ》って健太は笑顔になった。

「でもさ。俺、菜月のこと好きだから、あんまり苦しめたくないんだ」

もう心に決めている様子だった。

僕は自分がなんの役にも立てなかった気がして、無力さに落ち込んだ。

菜月とのことで悩んでいる健太に香澄と幸田に対する嫉妬についてなど相談できるはずもなく、しばらく無言で昼ご飯を食べて過ごした。


授業が終わるとワトソンへ電話を入れた。

今日明日は母のこともあってバイトに行ける状態ではない。

マスターは、「お母さんの傍にいてあげなさい」と言って休みを快諾《かいだく》してくれた。

病院へ向かう途中、携帯が鳴った。

主治医の先生だ。

「お母さんの検査の結果が出たよ。一応単なる風邪だろうと思う」

嬉しい報告。

母は、風邪の治療のため点滴を打っているようだった。

僕はこれから病院へ行く旨《むね》を伝え、電話を切った。

病院へ向かう途中で、香澄にメールをした。

昨晩返事ができなかったことを詫《わ》び、母の具合が悪くなったから今日はワトソンに行かないと伝えた。

僕が行かないということは、幸田とマスターと香澄の三人になる可能性が高い。

全くおもしろくない状況だが、今は仕方がなかった。

病院へ着く前に香澄から返信がある。

「お母さん、大丈夫なの？　忙しい時にメールしちゃってごめんね」

香澄は僕が幸田のことで腹を立てていたことに全く気づいていない様子だった。

少しだけ苛立ちを覚えたが、とりあえず平気だと返信し、母の病室へ向かった。

主治医の先生と立ち話をする。

風邪だとは思うが、少し体力が落ちて弱っているようだから、体調にはいつも以上に気をつけてほしいと言われた。

最近、めっきり元気な母だったので、確かに少し注意を怠《おこた》っていたかもしれない。

僕は、「分かりました」と答え、襟《えり》を正す気持ちで母の病室に入った。

母は点滴を受けたおかげですっかり熱も下がり、元気も戻っているようだった。

「みんな大げさなんだから」

そう小さく笑いながら、小声で「ありがとね」と言った。

母もきっと心細いことだろう。

まだ術後1年しか経っていないのだから。

僕は母を落ち込ませないように、弱気な気持ちに気づかないふりをして、一泊分の荷物を母に渡した。

しばらく母と話す。

荷物の中には手術の時に渡した本も持ってきていた。

母は懐《なつ》かしそうに取り出すと、少し目を細めて本を大事そうに抱き締めた。

「明日迎えに来るから、それまで体休めておけよ」

僕はそう言って病室を出た。


次の日僕が学校へ行くと、案の定健太が心配そうにやってきた。

「どう……?」

僕は小さくOKサインを出す。

健太はホッとしたように息を吐き出した。

「よかったな……」

まるで自分のことのように喜んでくれる健太を見て、僕はようやくホッとした。

健太がいてくれて本当に嬉しかった。

「ありがとな」

僕が言うと、健太はうんうんと頷きながら、ほんとよかったなあと言ってくれた。

「香澄さんには？」

健太に聞かれる。

僕はどう答えていいか少し迷ってしまった。

ここで幸田の話をしてもいいきっかけをもらったのかもしれない。

それでも、今の自分には母のことで余裕がなく、正直香澄と幸田のことを考える気力がなかった。

今それを健太に話して、その問題に立ち向かう気分にもなれず、メールしたよと曖昧《あいまい》に返事をするだけだった。

健太は少し不思議《ふしぎ》に思ったようだったが、担任が教室に入ってきた音がして、急いで席に戻っていった。

授業が終わると、僕はまっすぐ病院へ向かった。

母は既に退院の準備を整《ととの》えていた。

主治医が挨拶に来る。

「今回は何事もなくてよかったね。でも冷静に連絡してくれて助かったよ。これからもお母さんをしっかり支えるんだよ」

先生は僕を褒《ほ》め、背中をトンと叩《たた》いた。

そんな様子を母は嬉しそうに眺めていた。

僕は母の荷物を持ち、病室を出る。

「昨日も今日も学校休んだんだろ？　ただの風邪みたいだから明日は行くの？」

母にとって、仕事は生きていくために必要なことだった。

でも、いつの頃からか、それは母の生き甲斐に変わっていった気がする。

体調がよくなったのであれば、できるだけ早く仕事に復帰させてあげたいと思っていた。

それは母の気持ちの部分の回復を図《はか》るために必要なことだと思っているからだ。

幸い、学校も母のことをよく理解してくれているので、無理をしない程度にやりがいを持てるよう配慮してくれている。

「そうね。２日休むだけで仕事はたっぷり溜《た》まってるだろうし」

母は少し嬉しそうに苦笑いしていた。

一緒に歩くと、思った以上に小さく感じる。

僕の背が伸びたせいもあるだろうが、母のこの小さな体を僕が守らなければいけないと、改めて強く感じた。

病院を出て、久しぶりに母と肩を並べて歩いて帰る。

桜並木は新緑の鮮《あざ》やかさが濃くなっていた。

「ここ、よくお父《とう》さんと三人で歩いたところに似てるわね」

母は僕を見ることなく話し始めた。

僕が幼稚園の頃、旅客機のパイロットをしていた父は多忙で、ほとんど家にいない日々だった。たまの休みも次の日にはフライトが控えているとかで遠出などはできず、家族三人でよくピクニックや散歩に出かけたものだった。

この桜並木は、三人で散歩していた場所によく似ていた。

「桜がずいぶん近く感じるなぁ」

僕は自分の背が伸びたことを強く実感した。

幼稚園の頃に比べたら当たり前の話ではあるが。

「時が経《た》つのは早いわね……」

母は笑いながら桜の木を眺めていた。

高校生にもなると母と一緒に出かけることは皆無に等しくなるけれど、母の体調を思うと少しでも親子の時間を増やしておきたいと僕は考え始めていた。

第7章

揺さぶられる感情

「行ってくるね」

母が先に学校へ向かう。

昨日《きのう》退院したばかりなのが嘘《うそ》のようだった。

点滴が効いたのか、気持ちの問題なのか、多少体のだるさが残っているようだが、すっかり元気になっている。

僕ものんびりしてはいられない。

学校へ行く支度《したく》をして家を出る。

今日《きょう》はワトソンに行く日だ。

今までならワクワクしていたはずなのに、香澄《かすみ》のことを思い出すと自動的に幸田《こうだ》の顔がちらつき、気が重くなってしまう。

電車に乗り込むとメールが届く。

「今日はバイト来るよね？」

香澄からだった。

2日間、僕のいない分をマスターと香澄でフォローしてくれていたらしい。

そして幸田も。

香澄はなんの気なしに幸田の名前を出すが、せっかくもらったメールも嫌《いや》な気分にしかならなかった。

「行くよ」

僕は最低限の情報だけを返信し、学校へ向かった。


授業は滞《とどこお》りなく終わり、部活や塾《じゅく》へ向かうクラスメイトたちが慌ただしく教室を去っていく。

僕もバイトに向かうため、帰り支度を始める。

「なあ、翔平《しょうへい》」

ふと気がつくと、健太《けんた》が僕の傍にやってきていた。

見ると既に部活へ行く準備を終えているようだ。

僕も荷物を持ち、体育館《たいいくかん》へ向かう健太と共に下駄箱《げたばこ》まで歩いた。

「明日《あした》、菜月《なつき》と会うんだ」

健太は下を向きながらポツリと言った。

とうとうその日になるということだ。

僕にできることは何も思いつかなかった。

「そうか……。なんかあったらうちに来いよ」

困った時、頼ってくれればそれでいい。

僕はそう思っていた。

健太は下を向いたまま頷《うなず》き、とぼとぼと無言で歩いていた。

下駄箱に着くと、僕は健太に向かって言った。

「ほら。バスケの連中にそんな顔見せられないだろ？」

そう言って健太の様子《ようす》を見る。

ハッとして顔を上げた健太の目を見る。

不安でいっぱいという様子だった。

僕は健太の両肩を持つと、くるっと半回転させ、背中をポンと叩《たた》いた。

「行ってこい。俺《おれ》の分までバスケがんばってくれ」

振り返った健太の顔には、少しだけ不器用な笑顔が張りついていた。

「そうだな。がんばってくるよ」

健太は一度大きく深呼吸すると、手を振り体育館へ走っていった。

僕は励ますべきなのか、一緒《いっしょ》に落ち込むべきなのかよく分からず、もしかしたら的外れなことをしてしまったのかもしれないとしばらく考えていた。

でも、今の僕にできることはこれが精一杯だ。

健太もどうしようもなければ頼ってくるだろう。

そう自分に言い聞かせて、靴を履《は》きかえるとワトソンへ向かった。

「おはようございまーす」

ワトソンの扉を開ける。

荷物を持って事務所に向かおうとするが、いつも僕がいる定位置に幸田の姿があり、早速不愉快な気持ちになる。

「あっ、鈴木《すずき》くん、大丈夫？」

マスターが声をかけてくれる。

僕は笑顔で「大丈夫です」と答え、荷物を置いてエプロンを用意した。

いつものように外掃除をしようとすると、幸田に止められた。

「僕がやっておいたんで、鈴木くんやらなくていいですよ」

幸田の存在は、確実《かくじつ》にワトソンでの僕の居場所を奪いつつあった。

イライラが募る。

キッチンから香澄が出てきて、僕に声をかけてきた。

「翔平くん、お母《かあ》さん、大丈夫？」

僕は香田に母のことを聞かれたくなかった。

幸田を見るとこちらの会話は聞こえていないようだ。

「大丈夫だからいいって」

僕は香澄が摑《つか》んだ手を放《はな》そうと腕を振りきった。

振りほどかれた手を見て、香澄はキョトンとしていた。

そんな香澄に気づかないふりをして、僕はフロア内の片付けを始めた。

下げる食器を片手に、取ってきた注文をマスターに伝える。

今日はコーヒーはマスターが淹《い》れてくれる。

僕の仕事はもっぱら幸田のフォローということになる。

ただでさえ一緒にいたくないのに、何故《なぜ》こんな苦痛を強《し》いられなければいけないのか。

ワトソンのバイトをするようになって初めて、店に来るのを嫌だと思う気持ちが湧《わ》き上がってきていた。

「鈴木くん、体調《たいちょう》悪かったんですか?」

幸田はやることがないのか、僕に話しかけてきた。

僕は幸田の問いをしばらく無言でやり過ごす。

マスターも香澄も、軽々しく母のことを話していないようだった。

嬉《うれ》しかった。

このまま無言でいたいところだったが、それでは無視をしているようで気分が悪い。

一通りコーヒーを出す準備をすると、僕は幸田を見ずに口を開いた。

「いや、僕じゃなくて家族がね」

これ以上詮索《せんさく》されたくない。

そんな空気を思い切り出していたからだろうか。

幸田は「大変ですね」と言ってそれ以上聞いてくることはなかった。

なんとなく申し訳ない気がしてくる。

おそらく幸田は何も悪くないはずなのに、僕が勝手にやきもちを焼いて八つ当たりしているだけだからだ。

僕は渋々顔を上げ、幸田のほうを見る。

幸田はレジ周りの片付けとショーケースの上の掃除をしていた。

手が空《す》いている時にちゃんと掃除をしているところは好感が持てる。

「レジ、大体覚えました？」

僕から声をかけることが少ないせいか、幸田はビクッとしてこちらを振り向いた。

あまりきちんと幸田の顔を見たことがなかったので、ついマジマジと観察《かんさつ》してしまう。

少しふっくらとした面《おも》持ちだが、色白で優《やさ》しそうな顔をしている。

背は僕より少し低いくらいだろうか。

和菓子屋というのはピンと来ないものの、どこかの御曹司《おんぞうし》と言われれば納得してしまう雰囲気だった。

「レジは大丈夫だと思います！」

僕に話しかけられたのが嬉しかったのだろうか。

幸田は張り切って答えてきた。

今まであまりちゃんと接していなかったことに申し訳なさを感じながら、それでも心の奥底ではチクチクした気持ちが消えずに燻《くすぶ》っていた。

僕は精一杯愛想よく、幸田に注文の取り方、ドリンクやケーキの時の付属品の準備等を説明した。

幸田は嬉しそうに一生懸命《いっしょうけんめい》聞いていた。

しばらく準備のデモンストレーションをしていると、お客さんから声がかかった。

幸田を連れて一緒に注文を取りに行く。

女子高生らしい二人組《ふたりぐみ》のドリンクとケーキのオーダーを取り終えると、早速幸田にドリンク周りの準備をお願《ねが》いし、僕がドリンクを揃える。

あらかた準備を終えると、「僕行ってきます！」と幸田が言い、ケーキとドリンクを運んでいった。

少し危なっかしい手つきではあるが、和菓子屋の息子《むすこ》ということが関係しているのか、所作がとても洗練されており、見ているほうとしてもさほど不安が感じられなかった。

マスターもその姿を眺めていて、うんうんと頷いていた。

「だいぶ様になってきたね、幸田くん」

マスターが僕に声をかける。

僕が無言のまま幸田を心配そうに見ていると、マスターが独り言のように続けた。

「これからは僕と幸田くんと香澄か、鈴木くんと香澄かでシフトを組もうと思ってるんだ」

マスターの言葉の意味をしばらく考える。

つまり僕がマスターの代わりをするということだろうか？

「この店もいろいろ変えていきたいんだ。軽食を出すとか、期間限定のケーキを作るとかね」

マスターは僕にワトソンの今後についていろいろ話して聞かせてくれた。

僕がバイトに入る日は、マスターが出勤していても店の新しいメニュー開発などに時間を割《さ》きたいということだった。

幸田にはコーヒーの淹れ方を教える予定はないらしい。

和菓子屋の息子だから不要だということなのかもしれないが、僕のほうがなんとなくマスターに特別扱いしてもらっている気がして、少し嬉しかった。

「香澄さんはまだしばらくワトソンの予定なんですか？」

僕は香澄に聞けずにいた卒業後のことをこっそりマスターに尋ねてみた。

卑《ひ》怯《きょう》だなと自分で思う。

マスターは少し小首を傾《かし》げてから言った。

「今のところ香澄から別のところに行くとは聞いてないけどね。どうなんだろうね」

マスターは僕の肩をポンと叩いて、「後よろしく」と言って事務所に戻っていった。

香澄とマスターはまだ学校卒業後の話をしていないようだ。

やはり今度ちゃんと話を聞いてみなければいけないな。

同時に、その時に僕が今後どうしていくのかも香澄に話せるようにしなければ。

そう思うと、なんだか急に難題《なんだい》を突きつけられた気がして、僕は小さくため息をついた。


バイトが終わると、案の定三人一緒に帰ることになった。

久しぶりにバイトに来たのに、香澄と二人きりでいられる時間がほとんどないことに、僕は不満を隠しきれずにいた。

香澄は僕と幸田を交互に見ながら、一生懸命話をしている。

「あのさ、香澄……」

僕は香澄にしか聞こえないように耳元でささやいた。

香澄は話すのをやめ、「どうしたの?」と僕のほうを覗《のぞ》き込んだ。

香澄の向こう側にいる幸田も、なんの気なしに僕のほうを見ている。

「明日のことなんだけど……」

幸田にあまり聞かれたくないと思った。

僕と香澄は、平日学校とバイトで忙しく、普段《ふだん》はデートらしいことができない。

土日も二人同時に休むことなど不可能なため、基本的に1日デートをするということがなかった。

その分、土曜日《どようび》丸一日働けば少し早目にバイトが終わるため、夕方から夜ご飯を一緒に食べて過ごすというのが毎週の定番になっていた。

明日はその土曜日。

幸田は土日に実家の手伝《てつだ》いをするため、その日は基本的に香澄と僕がシフトに入っている。

久しぶりに二人でバイトをし、二人でデートできることが嬉しかったし、話したいことは山ほどあった。

「うん？　あ、明日土曜日だね」

香澄にも伝わったようで、少し嬉しそうに微笑《ほほえ》んでくれた。

一応香澄は僕のことをまだ好きでいてくれるのかと、当たり前のことながら安心してしまった。

「明日何かあるんですか？」

幸田が空気をぶち壊《こわ》すように聞いてくる。

僕らが曖昧《あいまい》に話してることから、ある程度察知してくれると助かるのだが。

香澄は少し頬《ほお》を赤くさせながら、「なんでもないの」と答えた。

僕らが付き合っていることを幸田は知っているのだろうか。

少なくとも僕は何も言っていないし、香澄の今の態度からしても公言はしていないのだろう。

なんとなくまたモヤモヤしてきてしまった。

ここで僕が付き合っていることを言えばよかったのかもしれない。

それでも香澄の口から幸田にちゃんと説明してほしくて、少し意地を張っている自分に気がついた。

香澄のことになると、僕は自分自身の気持ちがよく分からなくなる。

嫉妬《しっと》したり安心したり、そんな傷つきやすい裸の感情が僕の中に湧き上がっているらしいことを受け止めきれずにいるのかもしれない。

幸田は香澄の答えにはぐらかされたことを理解し、それ以上は追及してこなかった。

ただ、香澄に隠し事をされたことが気になるらしい幸田の表情から、なんとなく嫌な予感しかしなかった。

駅で二人と別れる。

反対側のホームにいる二人の姿を見ながら、僕は香澄にメールを送った。

明日のデートで行く店についてだ。

二人が仲良く話している姿を、電車が来るまで眺めているなんて我慢できなかったから、わざとこのタイミングでメールを送ったのだ。

香澄がメールに気づき、幸田との会話が止まる。

すぐに返事が届き、一瞬目が合う。

香澄の微笑みが僕には嬉しかった。

幸田を横に置いて、遠くにいる僕を見てくれる香澄の態度に、僕は小さな優越感《ゆうえつかん》を覚えていて、それに気づいた時ひどく自己嫌悪に陥った。

僕はこんなに醜《みにく》い人間だったのかと。

このままでは僕はどんどん悪魔《あくま》のような人間になっていってしまうのではないか。

そんな気さえしていた。


土曜日のバイトはとても忙しい。

さすがにお客さんの人数も多いので、香澄と二人では休憩《きゅうけい》を取る暇もないくらいだ。

もちろん、マスターは事務所にいるので、忙しい時は手伝ってくれるものの、基本的に僕ら二人で対応するので、結局香澄と二人きりの時間を過ごすことはほとんどなかった。

ただ、二人ともお互いが仕事仲間としての信頼を感じられることに軽い喜びを覚えていたから、たまにすれ違う時や、何かを手渡しする時に目が合うと、ふっと表情が崩れて笑顔になることがあった。

僕はそれだけでも充分幸せな気持ちだった。

夕方になると客足が遠のく。

ワトソンは現状ケーキとドリンクしかメニューにないからだ。

僕は夕方になると、多忙な1日を振り返りつつ、お客さんのほとんどいなくなったフロアの片付けを始める。

残っているのは常連さん2組だけだった。

片付けが終わると、マスターと交代をする。

これから夜にかけては、マスター一人で対応してくれるのだ。

酒も軽食もないワトソンは、休日の夕方から夜はほとんど常連さんの読書タイムなのである。

「お疲れ様でした！」

僕と香澄はマスターに声をかける。

「お疲れさん。二人とも仲良くね！」

マスターが余計な一言を付け加えるので、二人で恥ずかしくなる。

ワトソンを出ると、僕は久しぶりに香澄の手を握った。

ハッと驚《おどろ》いた雰囲気を隣《となり》から感じる。

手を繫《つな》ぐこと自体が久しぶりだったことに、香澄はようやく気がついたのかもしれない。

僕はしばらく無言で、つないだ手を引っ張るようにして駅まで歩いた。

今日は香澄が調《しら》べてくれた中華《ちゅうか》料理を食べに行く予定だ。

「ねえ、翔平くん」

香澄に声をかけられたがなんとなくそのまま前を向いて歩き続けた。

「なんか怒ってる？」

香澄は僕の手を軽く引き、小首をかしげて言った。

そんな可愛《かわい》い仕草《しぐさ》をされると困ってしまう。

「なんで？」

僕はまだ素直に言う気になれず、目を合わせずに前へ歩いていった。

「だって、なんか最近冷たい気がして……」

香澄は繋いだ手を放さないようにギュッと握り、僕の歩幅に合わせて小走りでついてきていた。

少し息が上がっている香澄に気づき、僕はスピードを緩《ゆる》める。

「ああ、ちょっと気になることはあるけど……」

駅までの道のりで話すべきか、食事をしながら話すべきか、僕は少し悩んでいた。

でも、香澄が言い出してくれたなら、後回しにするより今話したほうがいいかなと思った。

たとえ険悪になってこの後デートができなくなったとしても。

「何？　何があったの？」

香澄はそれでもまるで気づいていないようで、その反応が僕の心をゆさぶった。

僕は香澄の手を放し、そのことに驚いている香澄を見る。

「幸田さんに優しくしすぎだよ。俺よりあいつのほうが大事なわけ？」

本当はもっとスマートに言いたかった。

それなのに、口をついて出た言葉はあまりにも幼稚で、嫉妬していることが丸出しだった。

自分の幼さが悔しかった。

「香澄にとってあいつは何？　俺は何？　彼氏は俺じゃないの？」

抑えきれない感情というものがこんなものなのかと初めて知った。

今まで感情に突き動かされて泣くことも笑うことも怒ることもほとんどなかった。

香澄と出会って、付き合うようになってから、僕にもこんな感情があったんだと気づいた。

嬉しいような気はしたが、そんな感情に左右されることが本当の自分なのか、頭のどこかで不安な気持ちにもなっていた。

「翔平くん……」

香澄は僕の剣幕《けんまく》に押されているようだった。

もっと言いたいことは山ほどあったはずなのに、香澄の不安げな表情を見ると怒りきれなかった。

「翔平くん、ごめん」

香澄は小さく謝《あやま》った。

「何がごめんなの。俺よりあいつのほうが大事だっていう意味？」

そんなわけはない。

僕が怒っているから香澄は謝まっているのだ。

それでも、嫌味《いやみ》を言わずにはいられなかった。

「そんなわけないじゃない！　私は翔平くんのことが一番好きだよ」

香澄は僕の目を見てハッキリと言ってくれた。

少し潤《うる》んだ香澄の目から、小さく涙がこぼれ落ちた。

泣きたいのはこっちだ。

天邪鬼《あまのじゃく》な感情が僕を支配する。

「ごめんね。翔平くんがそんなに嫌な思いしてるなんて気づかなくて……」

香澄は涙を流しながら僕の手を両手で包み込んだ。

本当はこのまま香澄を抱き締めてしまいたかった。

それでこのことはなかったことにしたかった。

でも、心の中に渦巻く感情が、僕を正反対の態度へ導《みちび》いた。

香澄の手を振りほどく。

「もういいよ。なんで香澄が幸田さんを連れてきたのかも何も教えてくれなかったし、バイトの後二人で帰れるのを楽しみにしてたのは俺だけみたいだし」

溜め込んでいた不満をぶちまける。

香澄は振りほどかれた手を宙に残したまま、俯《うつむ》いて涙を流していた。

「俺、今日は帰るわ」

冷静になって香澄の話を聞けば済むはずなのに、そうすれば一緒にご飯を食べに行けたのに、僕は自分でも制御できない苦しい想《おも》いをぶつけて、泣いている香澄を置いて駅に向かった。

香澄は追ってこなかった。

改札を通る時、目の端には先ほどの場所で泣いている香澄が見えた。

冷静な僕が、感情的になった僕をなじった。

女の子を、ましてや一番大切な彼女を泣かせ、そのまま駅前に置き去りにするなんて、酷《ひど》い男だと。

そんなことは分かっていた。

心の奥底で小さく傷ついていた。

それでも、湧き上がった感情に突き動かされて、どうしても苛つきを抑えきれずに帰路についた。

いつもならデートをして遅く帰ってくる僕の帰宅が早かったことに、母は驚いていた。

「翔平、何かあったの？」

母の問いがさらに僕の感情を揺さぶった。

「何もないよ」

僕はなんとか怒鳴《どな》ることなく、母をかわして自室に閉じこもった。

香澄はどうしているだろう。

まだ駅にいるのだろうか。

一人《ひとり》で家に帰っただろうか。

幸田にでも迎えに来てもらっただろうか？

ありえないことを考えて、さらに自分で苛立ちを増やしてしまい、僕はそのことを忘れようと考えていた。

携帯が鳴る。

香澄だろうか。

メールを見ると健太からだった。

「今から行っていいか？」

そう書いてあった。

菜月と別れたのかもしれない。

僕も健太を支えられる状況ではないが、傷を舐《な》め合うことくらいはできるかもしれない。

「いいよ」

簡単《かんたん》に返信すると、僕は自室を急いで片付け、母に健太が泊まりに来る旨《むね》を伝えた。

今まで友人や彼女の存在を母に話したことがなかったため、母は心底驚いているようだった。

それでも少し嬉しそうに、「布団出しておこうか？」と言ってくれた。

さすがに母に布団を運ばせるわけにはいかない。

母の動きを見て、急いで手伝いに向かった。

健太が到着する前に、香澄からメールが届いた。

「ごめんなさい。明日バイトの後話せるかな」

そう書いてあった。

母に優しくし、健太の対応を考えていたら、香澄に対する怒りが収まっていることを感じていた。

香澄はきっと今も悩んでいるのだろう。

悪いことをしてしまった。

僕は落ち込みながら、香澄にすぐ返事を送った。

「分かった。今日は怒ってごめん。これから健太が来るから、明日話そう」

もう怒りの感情がなくなったことをなんとか伝えようと、今までより少し言葉を足して返信した。

すぐに電話が鳴る。

香澄かと焦ったが、健太からだった。

近くに着いたらしい。

すぐに玄関を出て迎えに行く。

今の電話が香澄だったら、僕は何が言えただろうか。

健太の電話だったことにホッとしている自分がいた。

「よう」

第一声はいつも通り元気な健太だった。

普段見慣《みな》れないスウェット姿で、手にはコンビニで買ってきたお菓子を大量に持っていた。

「お前、買い込みすぎだよ」

僕は思ったよりも明るい健太に違和感を覚えながら、憎まれ口を叩いた。

家までゆっくり歩く。

口数の多い健太が何も言わずに歩いていることに、僕は不安を感じていた。

「菜月とさ、別れたよ」

おもむろに健太が口を開いた。

今日言われるだろうと思っていた言葉だ。

僕はどう答えればいいか何度も考えたのに、結局今の今まで返事を思いつくことはなかった。

「そうか……」

二人で無言のまま歩く。

玄関を入ると、母が出迎えてくれた。

「初めまして。翔平の母です。いつも翔平がお世話になっています」

母が小さくお辞儀《じぎ》をすると、健太は驚きつつも会釈をして笑顔で答えた。

「あっ、佐伯《さえき》健太です。今日はお邪魔します」

なんとも礼儀正しい二人である。

僕はいたたまれなくなって、健太を自室へ案内し、母には寝るよう伝えた。

「健太くんっていうのね。仲がよさそうで嬉しいわ」

母はにやけながら、僕に怒られないよう急いで寝室に向かった。

少し心が温まる。

健太や香澄をちゃんと紹介することが、母の喜びに繋がるのであれば、とても簡単な親孝行だと思った。

自室に戻ると、健太が買ってきた飲み物やお菓子を広げていた。

「お前、今日泊まってくんだろ?」

確認はしていなかったが、ベッドの横に布団を用意してあるのは健太も見たはずだった。

「悪いな。よければ頼むよ」

友人が泊まりに来るなんて初めての経験《けいけん》だ。

僕はどうしていいか分からず、とりあえず健太の正面に座った。

僕から話し出すべきかどうか迷っていたら、健太がコーラを一口飲んだ後、重い口を開いた。

「菜月とさ、今日会って話してきたんだ」

僕はとにかく頷くしかなかった、
健太はおそらく吐き出したいのだろう。

僕が小さな相槌《あいづち》を入れると、健太は今日あったことをゆっくりと噛《か》み締めながら話してくれた。

今日は最後のデートになるだろうと健太も菜月も想定していたらしい。

二人で思い出の場所に遊びに行ったのだ。

べたな場所だが、某テーマパークだった。

初めて二人でデートに行ってから、そのテーマパークをたびたび訪れていたらしい。

二人で最後の記念にたくさん写真を撮《と》って、お揃《そろ》いのマグカップを買ったという。

本当にこのまま別れるのか、健太も菜月もなんとなく半信半疑だったのかもしれない。

いつもなら遅くまで遊び回っているところだったが、今日は夕方になると、おもむろに菜月から帰宅しようと提案された。

帰りの電車からは海に落ちる夕日が見え、車内もオレンジ色に染まっていた。

「菜月にさ、今日で会うのは最後だねってその時言われたんだ」

電車の中だったこともあり、健太も菜月も泣くことはなかった。

二人手を繋いだまま、顔を見ることなく夕日を眺めながら別れ話をしたという話は、情景を思い浮かべるだけで僕が泣きそうになった。

ふと見ると健太は目に涙を浮かべていた。

「家まで菜月を送ってさ、バイバイっていつも通り手を振って。最後のキスして帰ってきたよ」

普段なら恥ずかしい話も、別れ話となると途端《とたん》に切なくなる。

健太も菜月も本当に幸せな最後の日だったようだ。

「俺はこれでよかったのか、今でも悩んでるんだ」

健太はそう言ってコーラをまた一口飲んだ。

僕も真似《まね》をしてコーラを飲む。

喉《のど》の奥に炭酸が届くと、シュワっとした感触と共に、涙が出る時のように鼻がツンとする感覚を味わった。

もしかしたら炭酸のせいではないかもしれないが。

「俺はさ、二人が別れる必要はないと思ってるよ、今でも」

僕は僕なりに言えることを伝えようと思った。

二人が付き合ったままでも、大学へ進学することはできると思っていたこと。

会えなくても支え合うことはできたんじゃないかということ。

遠距離《えんきょり》になってから別れても遅くないんじゃないかということ。

とにかく思いついたことを一生懸命伝えた。

「ただな」

僕は最後に付け加えた。

「お前と菜月ちゃんの性格を知ってる俺としては、どんな未来を考えても二人は今別れるしかないと結論《けつろん》づけるだろうとは思ってたよ。だから今はそれが正解なんだと思う」

僕なりに二人のことを分析した結果だ。

健太は僕の話す言葉を一つ一つ嚙み締めながら、最後の言葉に少しだけ微笑みを漏らした。

「俺と菜月らしいよな、この別れ方は」

そう言うと、「景気づけに食べようぜ」と言って、テーブルの上にあるポテトチップスを広げ始めた。

「俺も菜月も、お互い嫌いになったわけじゃないんだ」

健太はもう何度も聞いたことのあるセリフを呟《つぶや》いた。

僕は「分かってるよ」と頷《うなず》く。

「菜月が最後に言ってたんだ。私たち、本当に縁《えん》があったらまた出会うと思う、って。縁って繋ぎ止めなくてもあるものなのかなぁ」

菜月のセリフを健太はもう一度自分に言い聞かせているようだった。

正直なところ、縁なんて将来にならないと分からない。

僕は答えが見つからない問いに口を閉ざしていた。

「気休めなのかもしれないけどさ。縁があってもう一度菜月と出会うことがあったら、その時にちゃんとホレてもらえる男になれるようにがんばるわ」

健太らしい前向きな考えに、僕は逆に励まされた。

「お前って時々すごいよな……」

僕が呟くと、「時々ってなんだよ!」と健太は膨《ふく》れながら笑った。

「俺も健太くらい素直で前向きだったらよかったんだけど……」

僕の言葉に、健太はいち早く空気を読んだようだった。

「お前、香澄さんとなんかあったの？」

ようやく健太に相談《そうだん》できるタイミングになった。

僕はそう思った。

女々《めめ》しく弱々しい自分の話をするのは悔しかったが、今日は泊まりで夜を明かすテンションで誤魔化《ごまか》せるだろう。

僕は少し躊躇《ちゅうちょ》しながらも、幸田のこと、香澄のこと、香澄とケンカしたことを健太に話して聞かせた。

健太は相変わらず、ところどころ質問を挟んでは、僕の話を正確に理解しようと努めていた。

「お前も大変だったんだな……」

一通り話すと、健太が僕の肩をポンポンと叩いた。

「そういうことはもっと早く言えよ。いつでも相談乗るからさ」

健太はそう言うと、空になったポテトチップスの袋をコンビニの袋に放り込んだ。

「お前も嫉妬とかするんだなぁ」

健太の言葉に、僕は急に恥ずかしくなった。

でも事実だ。

嫉妬と八つ当たりで自分がおかしくなりそうだった。

「正直今までこういう感情になったことがなかったから、自分でも戸惑ってるよ……」

僕は健太に素直に話した。

健太は頷きながら、僕に向き直って言った。

「でもさ、それってお前が香澄さんに素直になれてるってことじゃないの？　よかったじゃん」

健太の言葉に不意をつかれ、手に持ったチョコレートを落としてしまった。

素直になるっていうのはこういうことなのか。

茜《あかね》との会話を思い出す。

『翔平くんは私のこと、本当に好きじゃないと思う』

本当の好きってなんだ。

ずっと思ってきた。

でも、人に嫉妬して醜くなったりすることが、本当の好きなんだろうか。

またよく分からなくなってきた気がした。

健太はそんなことお構いなしに、楽しそうに僕の話を聞き出そうとしていた。

「で？　で？　幸田ってどんな人？」

僕は頭の中にぐるぐる回っていたよく分からない考えを押し出して、健太の質問に頭を切り替えた。

幸田についていろいろ説明する。

話せば話すほど、幸田は決して悪い人ではないと思えてくる。

やっぱり自分が一番醜い。

その醜さが受け入れがたかった。

「へー。俺の勘だけどさ。幸田って香澄さんのこと好きなんじゃない？」

健太は恐ろしいことを言ってのける。

やめてほしい。

これ以上悩みを増やさないでほしい。

幸田が香澄のことを好き？

香澄は？

香澄も幸田に告白されたらハッキリ断れるのか？

どんどん不安になってきた僕の表情を見て、健太は笑いながら言った。

「大丈夫だって。香澄さんは優しすぎるところがあるけど、お前のことしか見てないよ」

健太に何が分かるのだろう。

そう思ったが、香澄と付き合う時だって会ったこともないのに付き合うと言い当てていた。

健太はそういう人の心の機微《きび》に敏感なのかもしれない。

「そうだといいけどな……」

僕は自信なさげに呟いた。

高校2年。

男二人で夜更《よふ》かししながら恋愛話をすることになるなんて、昔の自分では考えられなかった。

この状況そのものがなんだかくすぐったくて、僕は残っていたコーラを一気に飲み干した。

第8章

取り戻す自信

ぐっすり寝ている健太《けんた》を尻目《しりめ》に、僕はバイトへ出勤する用意を始めた。

そっと自室を出て、母に声をかける。

「健太、まだ寝てるから、起きたらよろしく。飯はテーブルの上にあるよ」

母は横になっているものの、既に起きてテレビを見ているようだった。

「あら、分かったわ。伝えておくね。行ってらっしゃい」

「行ってきます」と小さく答えると、僕はいつもの時間に玄関を出た。

今日《きょう》はとても憂鬱《ゆううつ》だ。

昨日《きのう》、香澄《かすみ》とケンカをしたというのに、今日もバイトを二人《ふたり》でこなさなければいけない。

どんな顔をして会えばいいのだろう。

やっぱり家に戻りたいと重くなる足をなんとか前に動かし、僕はワトソンへ向かった。


「おはようございます…」

真っ暗なワトソンの電気をつけながら呟《つぶや》く。

いつもなら香澄が既にいるはずなのに、今日はまだ来ていないようだった。

ホッとして、急いで事務所へ荷物を置きに行く。

エプロンをつけ、店の前の掃除を始める頃、通りの向こうを走ってくる香澄が見えた。

電車に乗り遅れたのだろうか。

いつもよりかなり遅れてきている。

「おはよう……」

僕は消えそうな声で香澄に挨拶《あいさつ》をした。

気のせいか、香澄の目が腫《は》れぼったい。

もしかして泣いていたのだろうか。

心の奥がズキンと響《ひび》いた。

「翔平《しょうへい》くん、おはよう！」

そんな見た目とは裏腹に、香澄はいつも通り明るく僕に挨拶をし、ワトソンの中へ入っていった。

香澄の甘い残り香が、僕の周りにまとわりついて離《はな》れなかった。

掃除を終え、ワトソンの中に戻ると、香澄はケーキをショーケースに並べていた。

朝一番に出す分は、いつもマスターが焼いて準備しておいてくれているのだ。

「香澄……」

僕は何を言えばいいか分からず、聞こえるか聞こえないか分からないような声で香澄に呼びかけた。

やはり香澄の耳には届いていないようで、ショーケースを拭《ふ》きながらケーキを並べている。

「香澄……昨日はごめん」

今度はちゃんと聞こえるように、少し大きめの声で言った。

ハッとした顔で香澄が振り向く。

ケーキを落とさないようショーケースの上に置いてから、香澄は丁寧《ていねい》に僕のほうを向いた。

「私のほうこそごめんなさい。今日帰りご飯行けるかな？」

香澄は僕から目を逸《そ》らさずに言った。

本当なら俯《うつむ》いて泣いてもいいくらいなのに、香澄は絶対に僕から逃げなかった。

その強さに尊敬の念を抱いた。

「うん。昨日の店、行けなくてごめん」

僕が言うと、香澄は小さく首を横に振って、「大丈夫、今日予約し直そう」と言ってくれた。

周りを見渡す。

マスターはケーキを焼いた後、裏にある自宅に一旦《いったん》帰っているはずだった。

僕はそっと香澄を引き寄せ、小さくキスをした。

恥ずかしくなって、すぐに抱き締める。

「ほんとごめん。やきもちで香澄を傷つけちゃって……」

僕は香澄の肩に顔をうずめながら言った。

香澄は首を振り、僕の頭を優《やさ》しく撫《な》でてくれた。

ほんの十数秒。

それでも僕のいじけた心はすっかり元に戻った気がした。

香澄はそっと僕を引き離し、「さっ、仕事仕事！」と言って、僕から離れてキッチンへ向かっていく。

僕だけがもう少し抱き締めていたかったのかなと少し寂しくなったが、キッチンへ向かう香澄の耳は真《ま》っ赤《か》。香澄も嬉《うれ》しくて恥ずかしくて誤魔化《ごまか》したんじゃないかと思い、気持ちはすっかり前向きに変わっていった。


「おまたせ」

清算関連に少し時間がかかり、さらに今後のシフトについてマスターと相談《そうだん》していたため、今日は香澄を少し待たせてしまった。

香澄は隣《となり》の店のショーケースを覗《のぞ》き込みながら待っててくれていた。

「行こう！」

そう言うと、香澄は僕の手を摑《つか》んで歩き出した。

いつもなら僕から手を繫《つな》ぐから、なんだか違和感がある。

「香澄……」

僕はまた、聞こえるか聞こえないか分からないような小さな声で呟いた。

香澄に比べると、僕は本当に情けないと思った。

冷たくされるのが怖くて、つい小さな声しか出せないからだ。

それでも、香澄は気づいてくれた。

「翔平くん、どうしたの？」

本当は何故《なぜ》僕が小さい声で呼んだのか分かっていると思う。

それなのに、何も気にしていない風を装っている姿が、なんだか優しさに満《み》ち溢《あふ》れているように感じた。

僕は香澄の手を放さず、ゆっくりと立ち止まる。

「本当にごめん。食事に行けなかったことも、怒ったことも……」

絶対に香澄の手を放すもんかと、僕は強く握り締めたまま大きく体を曲げた。

目の前には香澄の可愛《かわい》らしい靴が見える。

「翔平くん、翔平くんは悪くないから。私が無神経だったんだと思う。本当にごめんね……」

香澄は繋いだ手をギュッと握ったまま、小さくしゃがみ込み、僕を下から見上げた。

その仕草《しぐさ》がおもしろくて、僕はつい噴《ふ》き出してしまう。

「ほら、ご飯行こうよ！」

香澄に手を引かれ、僕はゆっくりと歩き始めた。

駅までの道のりを、僕はずっと香澄の後ろについて歩いていた。

微《かす》かに香る香澄のにおいは、今朝《けさ》と同じで少し甘かった。

昨日までの凝《こ》り固まった気持ちがなんだったのかと疑うほどに、僕の心は香澄にまっすぐ向かっているように感じた。

なんであんなに子供っぽく言ってしまったのだろう。

このふんわりと柔らかい香澄を、僕は絶対手放したくないと思っていたはずなのに。

僕の中から、また後悔の念が湧《わ》き上がってきた。


「ごちそうさまでした」

今日の中華《ちゅうか》は二人でシェアできるということもあり、いろいろな種類を食べることができた。

香澄は特に点心《てんしん》が好きだったようで、たくさんの種類を並べて楽しんでいた。

僕はそんな香澄の姿を見ることができるだけで幸せだった。

「ねえ、翔平くん」

香澄が改まったように姿勢を正して話しかけてきたので、一瞬《いっしゅん》で僕の体が強張《こわば》った。

悪いことを言われるわけがない。

そう分かっていながらも、つい悪いほうに考えて身構えてしまう。

「あのね。昨日のこと、本当にごめんね。でも正直に言ってくれて嬉しかった」

香澄はそう切り出すと、自分の想《おも》いを僕にぶつけてくれた。

幸田《こうだ》は、香澄がよく通っていた和菓子屋の息子《むすこ》だった。

パティシエを目指して製菓の専門学校に入学する時、そのことを和菓子屋の奥さんに世間話で話したところ、一人《ひとり》息子も同じ学校に通わせる予定なんだという話で盛り上がったという。

その頃《ころ》から、和菓子屋に寄ると幸田自身とも会う機会《きかい》が増え、先に入学していた香澄に幸田はいろいろと学校の雰囲気を教えてもらっていたのだそうだ。

そんな間柄だったから、学校で会ってもそれなりに仲良くしていたらしい。

僕が受験《じゅけん》勉強のためにバイトの日を減らすという相談をマスターにした時、マスターは誰《だれ》か他《ほか》の人を探すべきか悩んで香澄に相談した。

香澄はちょうど幸田が接客を学びにバイトを始めたいと言っていたことを思い出し、マスターに紹介することになったという。

「幸田くんは和菓子屋の息子さんっていうイメージしかなかったから、男性だって意識《いしき》したことがなくて……」

そう言うと香澄は一度深呼吸して言った。

「家に帰ってからずっと考えてたの、翔平くんの言ったこと。もし私が反対の立場だったら？って考えたら、ものすごく怖かった。翔平くんの傍《そば》に自分の知らない女の子がいて、その子と親しく話してて、帰りも一緒に帰るのを遠くから見なくちゃいけないなんて……。考えただけで気が狂いそうだった」

僕は、単純に嫉妬《しっと》という感情に流されていた自分が悔しかった。

「それでも、もっと言い方があったなって思うよ。ごめん。なんであんな子供っぽい言い方しかできなかったのか……」

僕が正直に詫《わ》びると、香澄は少しだけ微笑《ほほえ》んだ。

「実はね、すごくショックだったけど、少しだけ嬉しかったの」

香澄の言葉に僕は理解が及ばず、キョトンとした顔をしていたと思う。

考える隙《すき》も与えず、香澄が続けた。

「翔平くんって、いつも飄々《ひょうひょう》としてて、私のこともたぶん大切にしてくれてるんだな、好きでいてくれるんだなって理解はしてたんだけど、あんまり感情的な部分が見えなかったから……。そんな風にやきもち焼くほど私のこと好きでいてくれたんだななんて。自分勝手だね」

香澄はそう言って、ごめんと手を合わせた。

昔、茜《あかね》に言われたことが蘇《よみがえ》る。

『翔平くんは私のこと本当に好きじゃないと思う』

それはもしかしてこういうことだったのかもしれない。

確《たし》かに感情的になることはほとんどなかった。

抱き締める時も、キスする時も、正直さほど動揺しているようには見えなかっただろうし、実際僕は結構冷静だったと思う。

心の奥ではドキドキしたり、チクチクしたり、感情がゆれ動いていたはずなのに、その感情が表に出てくることはなかった。

それが、昨日と今日の僕は圧倒的に違っていた。

感情的で、利己的で、子供っぽいと自分で悩んでいたが、それが人には「本心を見せている」ように見えているのかと、少し合点《がてん》がいった。

昨日、香澄を責めている時の自分も、今日抱き締めてキスした時の自分も、確かに気恥ずかしいくらいに正直だった気がする。

感情に流されるということは、こんなにも自分の心が動いて、傷つきやすくなるものなんだと、初めて気がついた。

幼少の頃に父を亡くし、その父がまるで殺人犯であるかのような報道をされたことで多くの人から非難《ひなん》を浴びた。

母が僕を守ろうとしてくれるから、余計にその母を守らなくてはいけないという強い意志が生まれていった。

だから、僕は自然と自分の傷つきやすい本心を隠し、寂しい、悲しい、嬉しい、腹立たしい、そういった感情を見せないようにしていたのだと思う。

それは僕自身が傷つきたくなかったからに違いない。

感情に動かされて、傷ついて泣いて過ごすことを恐《こわ》いと思って避けていた。

避けているうちに、徐々に本当の気持ちがどういうものなのか、感情というものがどんなものなのか見失っていたのかもしれない。

僕はそんなことを考えていた。

「翔平……くん？」

香澄は自分の言葉で僕が怒っているのではないかと感じたのだろう。

僕の顔を不安そうに覗き込んだ。

その顔があまりにも可愛くて、個室なのをいいことに小さくキスをしてた。

「ちょ……ちょっと！」

香澄は焦って周りを見渡す。

耳まで真っ赤だ。

その姿が可愛くて、ついニヤニヤしてしまった。

「もう！　翔平くんってば！」

香澄は照れ隠しか、僕の肩をバンバンと叩《たた》いてきた。

「さ、行こう」

僕は冷静なふりをして、帰る準備を始めた。

香澄の耳はまだ真っ赤なまま。

恥ずかしそうに僕と目を合わさず、荷物を片付け始めた。

「香澄はさ、卒業したらどうする予定なの？」

帰りの電車の中で切り出してみた。

幸田のことも気になっていたが、将来のことも健太に聞かれてからずっと気がかりだった。

「うん……。まだ決めてないんだけど、とりあえずもう少しワトソンで修業させてもらうつもり」

香澄は曖昧《あいまい》に答えた。

何を考えているのだろう。

僕には言えないのだろうか。

少し悩んだが、この話にはもう一つ続きがあることを思い出し、僕は重い口を開いた。

「実はさ、健太と菜月ちゃんが別れたんだ……」

香澄は想像していなかったのだろう。

驚《おどろ》いた顔で僕を見返した。

「昨日だよ。前からそういう話はしてたみたいだけど」

僕は経緯《いきさつ》を説明した。

香澄は、時折唸《うな》ったり頷《うなず》いたりしながら、真剣な顔で話を聞いていた。

「なんだか二人らしい別れ方だね……」

やはり香澄も僕と同じように感じたらしい。

「二人は一緒《いっしょ》にいて欲しいって思うけど、根がマジメな二人だから難《むずか》しいのかな……」

香澄は独り言のように呟いた。

「健太と菜月ちゃんの話を聞いてた時にさ、俺《おれ》は自分のことも香澄のことも、将来なんて全然見てなかったって思って……」

香澄は頷きながらゆっくりと僕が話し続けるのを聞いていた。

「教員免許を取りたいっていうのも、別に教師になりたいわけじゃないんだ。母親の願《ねが》いを叶《かな》えたいって思うだけで……」

僕は不安な気持ちを吐き出した。

口に出すと、徐々に真《ま》っ暗闇《くらやみ》に包まれていくような気持ちになる。

僕は将来何がしたいのだろう？

今誰かに聞かれても、何も答えることができない気がした。

僕のこの不安な気持ちは、前にも一度香澄に話したことがあったのを思い出した。

香澄がパティシエになりたいと思ったきっかけを聞いた時だ。

僕はあの時から何も変わっていないんだと、少し自分にショックを受けた。

「香澄はさ、しばらくワトソンで働くんだよね？　将来どうしたいとか決めてるの？」

僕は思いきって聞いてみた。

その将来に僕が一緒にいる姿が想像できるのか、正直不安だった。

「うーん。やっぱりゆくゆくは自分のお店を持ちたいとは思ってるよ」

香澄は少し宙を見ながら答えてくれた。

パティシエをやっている以上、自分の店を持ちたいというのは当たり前に考えることなのかもしれない。

それでも、店を持つだけなら僕がどんな将来を歩んでも一緒にいられるのかもしれない。

勝手にそんなことを考えて、少し恥ずかしくなった。

「俺は……教師になるのかな……」

自信なさげに呟いた。

やはりピンと来ない。

「そんなに焦らなくてもいいと思うよ。教員免許取るってことが決まってるだけでもすごいことだし、それを取るにはすごくがんばらなくちゃいけないんでしょ？　まずはがんばってみたらいいじゃない」

香澄は楽観的《らっかんてき》に言った。

でも、確かに香澄の言う通りなのかも。

今どれだけ考えたって、やりたいことがすぐに見つかるとも思えない。

バイトと勉強をとにかくがんばって、無事大学に合格し、教員免許を取ることがとりあえずの目標でいいじゃないか。

なんとなくそう思えるようになってきた。

教師になりたいなんて考えなくてもいい。

母のために教員免許を取ろう。

僕は不安だった気持ちが、ちょっとずつ晴れていく感覚を味わっていた。

香澄はすごい。

「ありがとう。なんかぐずぐず考えてたのがバカバカしくなってきたよ」

僕は笑いながら香澄の顔を見た。

香澄は小さく微笑んで、僕の頭をよしよしと撫でてくれた。

なんだか少し恥ずかしかった。


それからしばらくの間、僕はバイトと学校の掛け持ちで忙しい日々を送っていた。

香澄とも健太とも、今まで以上に仲良くなった気がする。

やきもちが原因でケンカして以来、僕は母に香澄の話をするようになった。

香澄と母はなんとなく性格が似ているような気がしたからだ。

二人共お互いに会いたがるようになり、最近では母もワトソンに遊びに来るようになっていた。

健太も菜月との別れをなんとか乗り越えたようだった。

たまに寂しそうな顔をするものの、一人でワトソンに遊びに来ては僕らにちょっかいを出したりしていた。

香澄も、こっそり菜月と連絡を取っているようで、僕がいない日に香澄に会いに菜月もワトソンへ遊びに来ているようだった。

幸田はというと、僕とシフトを交替で入れているため、すっかり会うこともなくなった。

ほんの少しだけ気にはなったものの、香澄とちゃんと話し合えたことが自信に繋がっているのか、大きな不安を感じることもなかった。


年が明け、高校2年もあと少しという時期に差しかかると、僕も健太も、来年の受験に向けて、徐々に勉強モードに突入していた。

香澄は学校の卒業を控え、ワトソンにいる時間が増えているようだった。

そんな時期のある週末、いつものようにバイト終わりのデートをするために、僕は店の外で香澄を待っていた。

そこへ幸田が歩いてくるのが見えた。

「あれ、幸田さん、どうしたんですか?」

僕はなんとなく不穏《ふおん》な空気を感じたが、いつも通り話しかけてみた。

「香澄さんに用事があって……」

幸田はそう言うと、ワトソンの扉へ向き直った。

僕は香澄と待ち合わせしているということも言えず、とりあえず幸田とは少し距離《きょり》のある場所で携帯をいじりながら香澄を待った。

幸田は僕のことなど眼中にないようだ。

少しソワソワした感じでワトソンの扉をじっと見つめていた。

カランカラン。

いつものベルが鳴り、香澄が扉を開けた。

おそらく、最初に目に入るのが僕だと思っていたのだろう。

目の前に幸田がいて、香澄はキャッと驚《おどろ》いた声をあげた。

「香澄さん、この後お時間ありませんか？」

驚いている香澄を尻目に、幸田は強引に話しかけた。

香澄は何事かと困惑した様子《ようす》で辺りを見渡し、僕と目が合って少しホッとしたような表情をした。

僕は少し小首を傾《かし》げ、香澄から幸田へ目線を移した。

「香澄さん、お時間ありませんか？」

幸田はもう一度強い口調《くちょう》で香澄に言った。

香澄はハッと我に返り、幸田のことを眺めてから呟いた。

「あの、この後鈴木《すずき》くんと食事に行く約束をしてて……」

幸田の前だと、どうしても鈴木くん呼びになってしまうようだ。

僕はいつものように呼んでくれてもいいのに……と場違いなことを考えていた。

香澄が少し助けを求めるように僕のことを見ていたので、僕は香澄の横に並んで幸田に向き合った。

「そうなんですよ。この後は僕と用事がありまして……」

もう一度同じことを僕が言い直した。

幸田は僕と香澄を見比べてから言った。

「すごく大切な用事なんです。ダメですか？」

なんとなく、幸田の醸《かも》し出す空気で僕も香澄も何を言いたいのか察し始めていた。

それでも、香澄と幸田を二人きりにするなんて僕が許せなかった。

「それは僕がここにいてはまずい話ですか？」

僕は少し挑戦的に言った。

幸田は僕のことを少し睨《にら》むように見てきた。

幸田は僕らが付き合っていることを知らないのかもしれない。

僕はなんとなくそう思い始めていた。

マスターは口が堅いから漏らすことはない。

健太は僕がバイトの時しか寄りつかないから、あいつから聞くこともないだろう。

こうして二人でデートしていることも、バイトが休みの幸田は知らないと思う。

僕らはバイト中、恋人同士であることが分からないように普通に接しているつもりだったし、実際「鈴木くん」「香澄さん」と呼び合っているから、普通のバイト仲間に見えるのかもしれなかった。

香澄が幸田に対して直接僕が彼氏だと話していなければ、幸田が知るきっかけはないに等しかった。

「プライベートな話なんです。香澄さんとの」

幸田にとって、僕は邪魔《じゃま》な存在なのだろう。

もしかしたら、同じように香澄に片思いしている恋敵《こいがたき》とでも思っているのかもしれない。

だいたい、香澄と僕は4歳も歳の差があるから、普通に考えたら恋人同士だと想定することは難しい。

「僕も、この後香澄さんとプライベートな時間を約束してるんですよ。僕の約束をキャンセルしろというのであれば、その理由を知る権利が僕にはあると思うんですが」

弱気になっている場合ではない。

せっかく直接対峙《たいじ》できるチャンスなのだ。

ちゃんと僕が彼氏であることを説明しておきたい。

そんなちっぽけな自尊心で僕は幸田と向き合い続けた。

幸田は小さくため息をつく。

まるで僕のことをバカにしているように見えた。

「じゃあいいよ、鈴木くんもそこにいれば。別に恥ずかしいことを話すわけではないし」

幸田はそう言い放って、僕から香澄へ向き直った。

「香澄さん、大事な話をしていいですか。鈴木くんの前ですけど」

嫌味《いやみ》の一つを混ぜてくる幸田に少しイラッとしたが、僕は香澄の様子を窺《うかが》った。

香澄は困惑した表情で、幸田と僕を交互に眺めていた。

何も言えない香澄を見て、幸田はさっさと自分の話を続けた。

「香澄さんは薄々《うすうす》感じていたかもしれないんですが、僕は香澄さんが好きなんです。付き合ってもらえませんか？」

正々堂々とした態度に、香澄は驚きを隠せない様子だった。

僕は、やっぱりと小さくため息をついた。

幸田は少しだけ勝ち誇ったような顔をしていた。

恋敵の前で先に告白してやったとでも思っているのだろうか……。

香澄が答える前に、幸田は自分のことを語り出した。

「香澄さん、もうすぐ卒業ですよね。もしこのまま香澄さんがワトソンやめてしまったら会えなくなるんじゃないかと思って……それが嫌だったんです。ここのバイトに誘ってもらえた時も嬉しくて……。実はずっと香澄さんのこと好きだったんです」

幸田は長い間片思いをしていたと主張したいようだった。

心の中で、僕のほうが先だったし、ずっと付き合ってたけどねと悪態をつきながら、香澄がどう答えるのか僕はそっと見守っていた。

香澄は相変わらず困惑した表情を見せていた。

おそらく、幸田のことを嫌いではないから、傷つけたくないという心理が働いているのだろう。

相変わらずの八方美人さに、僕は少しだけがっかりした。

「ごめんなさい。私、付き合ってる人がいるの」

香澄は絞り出すように小さな声で言った。

幸田を傷つけまいと思って、精一杯の抵抗だった。

「そうですか。でも、その彼と僕とどっちがいいかなんて分からないですよね。鈴木くんみたいにバイトの後食事に行くとか、そういう関係から始めるのはどうですか？」

幸田はそれでも諦《あきら》めないようだった。

まだ見ぬ彼氏より、自分自身が香澄に好かれるという自信があるのだろう。

それに、彼氏がいるのに僕と食事に行くなら、自分にもチャンスがあると思っているのかもしれない。

僕はいつ口を出すべきか、じっとその会話を聞いていた。

香澄は、困ったように僕のほうを見ていた。

これは僕が話すべきなのだろうか？

少し迷ったが、香澄の様子では自分で言うことができないだろうと思い、僕は口を開いた。

「幸田さん。僕が彼氏なんです」

僕の声が突然聞こえたせいか、それとも僕が発した言葉のせいか、いずれにせよ、幸田は驚いた表情で僕に目線を移した。

「幸田くん、ちゃんと言ってなくてごめんね。私、翔平くんと付き合ってるの」

香澄はそう言うと、僕に一歩近付いてきてそっと手を繋いだ。

幸田はしばらく香澄と僕を見比べてから言った。

「でも、鈴木くん高2でしょう？　香澄さんの4歳年下？　冗談でしょ？」

信じたくないのか、かなり失礼なことを言い出している幸田に、僕は少しだけ不愉快さを感じていた。

それでも、僕の手を放さずにいる香澄の温かさのおかげで、苛つくことはなかった。

「幸田くんが信じられなくてもいいの。4歳も歳の差があるけど、私たちはお互いを大切に思ってるの」

香澄は毅然《きぜん》とした態度を崩さなかった。

以前なら、こんな風に言えなかったかもしれない。

いや、今でも僕が立ち会っていなかったらちゃんと言えていたのか正直不安だ。

それでも、運よく僕が立ち会うことができ、僕らが繋いでいる手のおかげでお互いが支えられていることを感じていた。

幸田はしばらく無言でいた後、一歩下がって言った。

「そう……だったんだ……。知らなかったよ。二人の邪魔をしてごめん」

そう言うと、幸田は泣きそうな顔をしながらその場を走り去ってしまった。

僕は軽い罪悪感に襲《おそ》われた。

二人でいじめたような気分だ。

その気持ちは香澄も同じだったのだろう。

顔を見合わせると、複雑な表情でお互いため息をついた。

「明日《あした》から、どうしたらいいんだろう」

香澄は小さく呟いた。

僕は幸田と一緒にバイトに入ることがほぼないが、香澄は毎日出勤しているから幸田と一緒の日も必然的に存在するのだ。

その時、僕はいない。

確かに不安になる気持ちも分かった。

「どうしたらいいんだろうねぇ」

僕も小さくため息をついた。

僕らは手を繋いだまま、予約したお店に向かって歩き始めた。

二人ともいつものように楽しいデートというわけにはいかないようだった。

「でもさ、香澄、ありがとう。ちゃんと言ってくれて。すごく嬉しかったよ」

僕は香澄を見ることなく、前を向いて歩きながらそっと言った。

キュッと握り返してきた香澄の手の温《ぬく》もりで、僕の心も少しだけ温かくなった気がした。


幸田は、その後ワトソンのバイトを辞めた。

振られたこと、彼氏が僕であることがショックだったからだろうかと香澄と二人で悩んだが、接客はある程度身につけたし、実家の手伝《てつだ》いに専念するという理由だとマスターから聞いた。

人員を補充するかマスターは悩んでいたようだったが、香澄が学校を卒業して正式にワトソンで働くことになるので、今後は香澄と二人で切り盛りしていくことに決めたようだった。

当然僕のバイトもどうなるか検討することになったが、香澄が一人で接客もできるようになるまでは一緒に入って引き継ぎも兼ねてやっていくことになった。

僕としても、もうすぐ高3になるとは言え、夏前くらいまではバイトを続けたかったこともあり都合がよかった。

バイトを辞めるその時期が来るまで、僕らはそれぞれ平穏無事な生活を送る日々が続いていった。

第 9 章

立ち塞がる壁

高校3年になると、僕は夏休み前までバイトを、健太《けんた》は同じ時期まで部活を掛け持ちしつつ、柄《がら》にもなく勉強に勤《いそ》しむ毎日だった。

夏休みからは夏期講習《こうしゅう》も始まる。

僕は、健太と一緒《いっしょ》に、塾《じゅく》や勉強にと、決して楽しくない夏の予定を立てていた。

ある暑い夏の日。

生活習慣《しゅうかん》になりつつある、母の食事日記をつけていた。

後ろでゴホゴホと、咳《せき》をする音が聞こえてきた。

この時期だから夏風邪《なつかぜ》でも引いたのだろうか？

そんなことを考えながら手帳に書き込んでいると、そういえばこの咳はいつから続いているのか少し気になってきた。

手帳のページを遡《さかのぼ》ってみる。

食事はちゃんと摂っているものの、少し量が減っているような気がした。

咳についての記載はほとんどしていなかったが、風邪を引いたのだろうか？という内容のメモは

3週間ほど前の日記にも書いてあった。

断続的に咳が続いているのだろうか？

少し心配になり、母に声をかける。

「母《かあ》さん、咳大丈夫？」

すると母はハッとした顔をした後、「大丈夫、大丈夫」と手を振った。

なぜ驚《おどろ》いたのだろうか。

思い当たることを考えてみるが分からない。

「夏風邪だとしても、念のため明日《あした》病院に行かない？」

僕が言うと、母は少し陰鬱《いんうつ》な表情を見せた。

「明日は学校が……」

その呟《つぶや》き方《かた》を聞き、なんとなく嫌《いや》な予感がした。

母は、きっと自分の体の異変をもっと早くから気づいていたのだろう。

それでも、気のせいだと思いたかったのかもしれない。

だから僕に指摘されるまで、毎日平気な顔をして過ごしていたのではないか。

僕は母の性格を考えると、そう思わずにはいられなかった。

「母さん。ちょっと前からおかしいって思ってたんだろ？　なんで俺《おれ》に言わなかったの！」

つい強い口《く》調《ちょう》で母を責めてしまい、すぐに後悔する。

母は悲しそうな顔をしながら、ごめんねと呟いた。

「ごめんなんていらないから、明日病院行こう。学校遅れていく連絡して！」

僕は母を強く促し、学年主任へ連絡させる。

同時に僕も担任へ電話し、明日遅刻する旨《むね》を伝えた。

そのまま主治医へ電話し、明日の診察予約を取れるか確認《かくにん》する。

食欲が落ちていること、咳が続いていることを話すと、明日朝一番の予約を空けてくれた。

「母さん、明日朝一で先生の予約取れたから」

僕が言うと、母は悲しそうな顔をして頷《うなず》いた。

あまりよくない予感を、母も僕も感じているようだった。

きっと取り越し苦労だろう。

僕はなんとか前向きに考えることに専念した。

そうだ。

以前だって高熱《こうねつ》が出たものの、結局単なる風邪だったんだ。

きっと今回も夏風邪が少し長引いているだけだろう。

なんとか気持ちをポジティブに持っていこうとするものの、結局その晩はどうしても勉強が手につかず、白《しら》んでいく空を眺めながら朝を迎えた。

「先生、どうなんでしょうか……」

待合室で待っていた僕は、診察室に呼ばれてすぐ本題に入った。

先生は小さく首を横に振る。

「夏風邪ではなさそうだ。ちょっと精密検査をする必要があるから、今日《きょう》からしばらく入院できるかい？」

母は少しうつろな目をしながら外を眺めていた。

「えっと、はい、分かりました」

僕はかろうじて返事をすると、母の背中をそっと触った。

ピクリと母の体が揺れる。

先ほどまで窓の外を見ていた目が、ゆっくりと僕の顔に向かって動いた。

その目は、少し寂しそうな色をしていた。

病気になる前の母は、辛い、苦しいなどという弱音を全く吐かない人だった。

父が亡くなり、周りに非難され、大好きだった学校を離れ、たった一人で僕を育ててくれた。

その母が涙を見せたのは、あの事故の時と、引っ越しが決まった時の二度だけだ。

一年前の手術が成功してからは、以前と同じように強く逞《たくま》しく生きているように見えた。

僕はそんな母の表面しか見えていなかったのかもしれない。

きっと母は自分の身体に起きている異変を薄々感じていたのだろう。

こんな時くらい、もっと早く弱音を吐いてほしかった。

僕はそう思えてならなかった。

主治医の先生の表情、母の表情を見る限り、状況は決してよい方向ではなさそうだ。

僕はすぐ担当の看護師《かんごし》と入院の手続きをした。

母を病室まで送り届けると、僕は荷物を用意して戻ってくると言い残し部屋《へや》を出た。

主治医が部屋の外で待っていてくれた。

「翔平《しょうへい》くん、明日精密検査をするけど、明日も来れるだろうか？」

来ないという選択肢はない。

「もちろん来ます」

そう言うと、主治医はうんうんと頷きながら言った。

「今日の簡易《かんい》検査で転移の可能性が確認された。明日、精密検査でもう少し詳しく特定してみるから」

その一言で僕は状況を全て把握した。

実は母が以前患《わずら》っていた病気は子宮体癌《しきゅうたいがん》だった。

転移の可能性がゼロではないため、定期検診と体調管理には気をつけていた。

それでも、転移を防ぐことはできなかったのだ。

母は、どうなるのだろうか。

これから僕は何をどうすればいいのだろうか。

とにかく頭の中は母のことでいっぱいだった。

主治医に小さく会釈をし、荷物を取りに家まで戻る。

夏の日差しが暑いはずなのに、僕の周りだけ冷たい空気で満たされているように感じた。

眩《まぶ》しい日差しは、まるで僕を嘲笑《あざわら》っているようだった。

神様なんて信じていないけど、何故《なぜ》僕だけこんなに不幸が続くのか、神様を呪《のろ》う気持ちばかりが芽生《めば》えてきていた。


家に戻ると、すぐに母の入院準備をする。

残念なことに、初めての入院というわけではないので、準備はさほど難《むずか》しくはなかった。

ある程度の荷物をまとめると、そのまま母の学校へ電話をする。

しばらく検査入院すること。

場合によってはそのまま入院生活が長引く可能性があること。

それだけを伝えた。

学年主任は、今までの経緯《けいい》をよく知っている人だったので話は早かった。

電話を切ると、続いて自分が通う学校へ電話をする。

不意に、高3になってから担任に母のことを話す機会《きかい》がなかったことを思い出した。

幸い、学年主任は1年の時から同じなので、説明もさほど難しくはなかった。

学年主任から今までの経緯を担任に伝えてもらうようにお願《ねが》いし、今日と明日は休むこと、今後のことは検査の結果を見てから相談《そうだん》すると伝えた。

そのまま塾とバイト先へ電話をする。

今日明日の予定を全てキャンセルし、健太と香澄《かすみ》へメールを送った。

冷静に事務手続きを終わらせると、僕はまた殺人的な暑さの街へ、入院荷物を持って歩き出した。


「母さん、入るよ？」

扉をノックし、病室へ入る。

母はボーっと窓の外を眺めていた。

「荷物、ここに置いとくよ。あと、これいつもの本ね」

そう言って、以前入院した時にプレゼントした本を机の上に置いた。

香澄と仲良くなったきっかけの本でもある。

少し懐《なつ》かしい。

母は「ありがとう」と小さな声で言うものの、こちらを振り向くことすらしない。

テレビからは夕方のニュースが流れ始めていた。

僕はベッドの傍にある椅子《いす》に腰かけた。

「母さん。母さんのほうの学校はしばらく休むって伝えておいたから。とにかく今は体をゆっくり休ませて」

僕が言うと、母は外を眺めたまま頷いた。

何か話そうにも、何を話せばいいいか分からない。

しばらく無言のまま、テレビの音だけが病室内に響《ひび》いていた。

「翔平……ごめんね……」

テレビの音に掻き消されるくらい小さな声で、母がそっとしゃべり始めた。

「お母さん、翔平に何もしてあげられなくて……。迷惑ばっかりかけて……」

そう言うと少し言葉を詰まらせた。

母の肩が震《ふる》えている。

泣いているのだろうか……。

「そんなことないよ。母さんは一人《ひとり》で俺をここまで育ててくれたじゃないか。今度は俺が母さんを助ける番だろ?」

なんとか母の気持ちを少しでも楽にしてあげたい。

そんな思いでいっぱいだった。

しかしあまり無駄《むだ》な励ましも逆効果だ。

そんなことを考えていたら、母は涙で頬《ほお》を濡《ぬ》らしながら僕に向き直った。

「翔平。お母さんが死んだら一人ぼっちになっちゃうね……」

母は突拍子《とっぴょうし》もないことを言い出した。

どれだけ先の話を考えているんだ。

僕は無性に腹が立ってきた。

「そんなこと考えなくていいから。前回も手術でよくなっただろ？　今回も手術すればよくなるよ」

正直、僕はなんとなく今回も無事でいてくれる気がしていた。

単純に今は辛《つら》いだろうけど、手術すればまた元気になるんだと信じていた。

だから励ましの言葉ではない。

本心だった。

「お母さんね、今回はダメな気がしてるの。お父《とう》さんのところに行くんじゃないかなって……」

小さな咳を繰《く》り返しながら、母はそっと言った。

とても弱気になっているようだった。

もしかしたら、僕には分からない体の不調がそうさせているのかもしれない。

それでも、僕は希望を捨てる気はなかった。

「何言ってんだよ。父さんだってまだ早いって怒ってるよ」

僕は精一杯の笑顔《えがお》を見せて、母の頬の涙を手で拭《ぬぐ》った。

どれだけ拭っても、母の瞳《ひとみ》は濡れたままだった。

「あのね。翔平。お父さんのことで話したいことがあるの」

母はまだ続けるようだった。

何を言われても、僕はとにかく前向きに励ますしかない。

そう思っていた。

「今日家に帰ったら、私の鏡台《きょうだい》を見てほしいの」

母はゆっくりと場所の指定をした。

父の写真が飾ってある鏡台。

学校に復帰してからは、いつも通り綺麗《きれい》に化粧をする母が僕は少しだけ誇らしかった。

だからあの鏡台は、僕にとっても母にとっても元気になる象徴のような気がしていた。

「鏡台の一番下の引き出しにね。箱が入ってて、その中にお父さんの今までの記事がまとめてあるの……」

母は何を言おうとしているのか。

僕にはまだ理解しきれていなかった。

ただ、父の記事をまとめていたことは初耳だったし、少し興味《きょうみ》があった。

母は何故父の記事を集めていたのか。

ただでさえ、あることないこと書かれていて、読むだけでも苦痛な記事が多かったはずなのに……。

「ずっと記事を集めたりして考えていたの。父さん、本当は操縦《そうじゅう》ミスなんてしていないんじゃないかって。乗客の人たちを助けようとがんばってたんじゃないかって」

母のその話は、僕にとって古い傷をえぐるような苦しい内容だった。

何故こんな体調の悪い時に、そんな苦しい話をしなければいけないのか。

僕にはよく分からなかった。

「あの記事のまとめは翔平に託すね。お母さんは生きてる間にお父さんの無実を証明することができそうにないから……」

母の言いたかったことがようやく分かった気がする。

10年以上もの間、母はずっと父の無実を証明したいと考えていたのだ。

だから嫌な記事ばかりでも全てまとめて取っておいた。

そして僕に気づかれないように、いろんなことを一人で考えていたのだろう。

その姿を想像するだけで、僕は胸が締《し》めつけられるような痛みを感じた。

「母さん……」

僕は言葉が見つからず、ただ母の顔を眺めていた。

父の無実。

母も僕も、当然のことながら信じていた。

ただ、僕は心のどこかで、父も人間だからミスをするかもしれないと思っていたように思う。

そう思うことで、周りの非難《ひなん》から心を閉ざし逃げることができたのかもしれない。

無実だと、母のように強く信じ続けていることは、僕のように逃げて生きていくよりずっと　ずっと苦しく辛いはずだ。

母の強さと、父に対する愛を感じた瞬間《しゅんかん》だった。

「母さん、まだ父さんは迎えに来ないから、元気になったら一緒に調《しら》べてみようよ」

何か当てがあるわけではない。

ただ、母がこれを僕に伝えたのは自分の死期が近いと感じているからだ。

だからこそ、その気持ちを否定したい思いでいっぱいだった。

母は手術すれば治る。

母が父の無実を信じていたように、僕は母の病気が治ることを今はまだ信じているのだ。

「明日検査があるんだろ？　とりあえず検査の結果が出るまでそんなネガティブなこと考えなくてもいいよ。父さんのことは僕も考えておくからさ」

僕はできるだけ明るい声で母に話しかけた。

母は、やはり沈んだ顔をしているものの、少しだけ微笑《ほほえ》んで頷いてくれた。

携帯が唸《うな》る。

香澄からだった。

「ちょっと電話……」

母に断りを入れると、病室を出て電話に出る。

「もしもし？？？　翔平くん？？？　お母さんは……？　大丈夫？？？」

香澄はかなりパニックに陥っているようだった。

まるで自分のことのように思ってくれているからだと分かるから、それすら嬉《うれ》しかった。

「ああ、とりあえず今は大丈夫だよ。明日検査だけど……」

現状を手短に伝える。

電話口の香澄は、小さなため息をついた。

「明日の検査の結果次第なのね……。また手術するのかしら……」

香澄はすっかり母と仲良くなっており、性格が似ているせいか、二人は妙に気が合うようだった。

「そうだね。まだ分からないけど……。明日は検査だからちょっと忙しいけど、しばらくしたら病院に会いに来てよ」

僕が言うと、香澄はうんうんと聞こえるように頷いてくれた。

「翔平くん、受験《じゅけん》もあるし大変だと思うけど、翔平くんこそ体壊《こわ》さないように気をつけてね……」

香澄は電話を切るギリギリまで僕の心配をしていた。

食事も自分で作れるし、家事は全般的に自分がやっているから、正直さほど大変ではないと思う。

それでも、学校と病院の往復、それに塾と受験勉強があるんだという現実を思い出し、少しだけ憂鬱《ゆううつ》な気持ちになった。

病室に戻ると、母が少し嬉しそうに「香澄さん？」と僕に聞いてきた。

「そうそう。香澄も心配してたよ。そのうち遊びに来てくれるって」

母は少し嬉しそうにふふっと笑った。

女性にしか分からない何かがあるのだろうか。

僕にはどうすることもできない心の隙間《すきま》を、香澄の存在が少しでも埋めてくれるなら、とてもありがたいと強く思った。

母と香澄の話をしていると、携帯がブルッと動いた。

健太からメールだ。

母の心配と今日の学校のことを教えてくれる内容だった。

すぐに健太にメールを返す。

明日は休むこと。

検査の結果次第で、いつ頃まで休むか分からないこと。

塾もしばらく行けないことを伝える。

そして、香澄と同様、しばらくしたら母に会いに来てほしいと伝えた。

母は健太も大のお気に入りなのだ。

「健太くん？」

僕がメールの返信をしているのを見て母が話しかけてきた。

「うん。学校のこととか教えてくれて助かるよ」

そう言うと、母は頷きながら言った。

「香澄さんと健太くんが翔平の傍《そば》にいてくれてよかったわ。たとえ私が死んでも、翔平は決して一人じゃないわよね」

母は相変わらず不吉なことをさらっと言いのける。

やめてほしい。

そうこうしていると、主治医が病室をノックして入ってきた。

明日の検査について詳細に説明してくれる。

僕は明日一日学校を休んで付き添うことにした。

既に面会時間も終わりに近い。

主治医が病室を出る時に、僕も一緒に帰ることにした。

「じゃあ母さん、明日朝また来るから」

僕は、できる限りの笑顔で手を振って病室を出た。

主治医と一緒に病院のロビーに向かって歩く。

「転移ということは、別の場所なんですよね？」

僕が聞くと、主治医は少し迷ったようだが、方向を変えて自分の診察室へ僕を連れていって説明してくれた。

話によると、咳の症状、血痰《けったん》、息切れ等の症状とCT検査の結果、肺に転移している可能性が高いとのこと。

そして、子宮から肺へ転移したのであれば、既にがんが全身に散らばっている可能性が考えられるとのことだった。

僕は一瞬眩暈《めまい》がした。

さっきまでは必ず治るという根拠のない自信があった。

それが一気に音を立てて崩れていく感覚を味わった。

突然明日の検査結果が怖くなってきた。

母はこのことを理解していたのだろうか。

感覚で分かっているのだろうか。

だからあんなにも死について僕に話していたのだろうか。

とにかく逃げ出したい気持ちに支配される自分をなんとか奮《ふる》い立たせて、主治医の話を聞き続けていた。

主治医は心配そうな顔をして僕の肩をポンと叩《たた》いた。

「とにかく今日は気をつけて家に帰って。明日お母さんと一緒にがんばろう」

僕は軽い放心状態になりつつも椅子から立ち上がり、お礼を言って診察室を出た。

外に出ると、もう日が暮れているというのに相変わらず暑苦しい。

ねっとりとまとわりつく湿度の高い温風に不快感を覚えながら、ゆっくりと家まで歩く。

前回の手術では、子宮の摘出で母の体を疲弊《ひへい》させたものの、予後は良行と言ってよかった。

肺へ転移した場合、どういう治療《ちりょう》をするのか。

僕は苦しみながらも、またそれを調べていかなければいけないと感じていた。

母を励ますため、母の病状を理解していかなければいけない。

それが残された唯一の肉親である僕の責任だ。

トボトボと一人で歩いていると、家の前に誰《だれ》かがいるのが見えた。

香澄だった。

「翔平くん！」

香澄は僕に手を振りながら近づいてきた。

僕は辛《かろ》うじて小さく笑顔を作ると、そのまま立ち止まった。

香澄は何も言わず、僕の手を握る。

その温かさで急に涙が溢《あふ》れてきた。

「翔平くん……。とりあえず家に入ろう？」

香澄はそう言うと、僕の手を引き、家まで連れていってくれた。

僕は何も言えず、ただ溢れてくる涙を流したまま歩いた。

家の鍵《かぎ》を開ける。

電気をつけ、ダイニングの椅子に座る。

「勝手に触らせてもらうね」

香澄はそう言うと、お湯を沸かし始めた。

徐々にコーヒーのいい香りがする。

そういえば夕飯を食べていないことを思い出した。

香澄はコーヒーと一緒にサンドウィッチを出してくれた。

ワトソンで最近出している軽食だ。

胃はまだほとんど何も受けつけない状態だったがサンドウィッチを手に取り口に入れる。

一口大に切ってあるサンドウィッチは、いつもと変わらない味で少しだけホッとできた。

コーヒーを一口飲む。

香澄の手を握った時と同じように全身に温かいコーヒーが行きわたり、少し生き返ったような気持ちがした。

一緒に自分の分のコーヒーを淹《い》れた香澄は、何も言わずに僕の隣《となり》でコーヒーを飲んでいた。

その心遣《こころづか》いが嬉しかった。

「母さん、癌が転移してるかもしれないんだ……」

僕は重い口を開いた。
香澄は少し覚悟していたのだろう。
頷くことはするものの、何も聞いてこない。
僕のペースでゆっくり言葉を吐《は》き出すのを待ってくれているようだ。
「香澄が電話をくれた時は、正直手術すれば治ると思ってたんだ。でも……」
この先を口に出すのが怖い。
僕は手に持ったコーヒーを一口飲んだ。
また涙が溢れてくる。
僕が涙を出すことなんて今までなかった気がする。
香澄はどんな顔をして僕のことを見ているのだろう。
何故かそんなことが気になってしまった。
大きく息を吐き出すと、心の中にしまってある不安を香澄にぶちまけた。
「最悪の場合を考えておけって……。全身に転移してるかもしれないから……」
本当はもっとちゃんと説明するつもりだった。
でも、声を出そうとしても、嗚咽《おえつ》してしまってうまく言葉にできない。
そんな僕の背中を香澄はゆっくりと撫《な》でてくれていた。
コーヒーを机に置くと、僕は子供のように泣きながら香澄の胸にしがみついた。

「母さんが……母さんがいなくなるかもしれない……」

僕は、絶対に口にしたくなかったことを香澄に向かって投げつけた。

「なんで……なんで……母さんは一人でこんなに苦労してきたのに……なんで母さんだけ……」

溢《あふ》れ出てくる感情は、もう自分で止めることすらできなかった。

母さん……母さん……

そう呻《うめ》きながら、僕は香澄の胸に抱かれて泣き続けた。

僕が泣いている間、香澄は包み込むように僕を抱き締め、背中をさすってくれていた。

しばらく泣いた後、香澄がゆっくり僕を引き離し、もう一度コーヒーを渡してくれた。

少し冷めたコーヒーを一気に飲み干す。

大きく深呼吸して、初めて香澄の顔を見た。

香澄の顔も涙に濡れていた。

僕を抱き締めている間、香澄も一緒に泣いていたようだった。

「翔平くん。辛いよね……」

香澄が初めて言葉を発した。

僕は首を左右に振る。

辛いのは僕じゃなくて母だ。

「どう接していけばいいのかな……」

僕は母と面と向かって顔を合わせる自信がなくなっていた。

香澄はしばらく無言だった。

「ごめん。俺が自分で考えることだよね……」

僕がそう言うと、香澄は大きく首を横に振りながら言った。

「違うの。私も考えてたの。他人の私が考えていいのか分からないけど、翔平くんのこと、お母さんのこと、私なりに知ってるつもりだから……」

香澄はそこで一度言葉を切った。

決断を迷っているようだ。

しばらく無言が続いた後、香澄はおもむろに僕の手を握った。

強く握っている間、空を見つめ真剣に何かを考えているようだった。

「翔平くん。私、お母さんの性格はそれなりに分かってるつもりなの」

香澄はそう前置きをして続けた。

「お母さんは強い人よ。だから翔平くんは悲しければ悲しいって言えばいいと思う。辛ければ泣いても大丈夫だと思う。平気そうにしてるほうが心配するかもしれない」

決して僕の顔を見ることなく、香澄は強い口調で言った。

香澄の目線《めせん》は、母の寝室に向かっていた。

いつも寝ている場所だ。

香澄はそこにいるはずの母を思い出して、いろいろ考えてくれたんだろうと分かった。

「そう……か……。でも俺がそんなことできるかな……」

僕は小さく呟くと、明日の検査結果を知りたくないという気持ちに支配されていった。

告知は主治医が行ってくれるはずだ。

でもその隣で僕は聞いていなければいけない。

その後母と二人きりでどう話し合えばいいのか。

何を話せばいいのか。

不安しかなかった。


「あっ……」

病室で母と二人きりになることを想像していたら、今日母が言っていたことを思い出した。

鏡台にある父の記事についてだ。

隣にいる香澄は不思議《ふしぎ》そうな顔をしていたが、僕はそっと握っていた手を放《はな》して母の寝室に向かった。

香澄は遠慮《えんりょ》したのか、そのままコーヒーカップと皿を洗い始めた。

鏡台の一番下の引き出しを開ける。

奥に大きな箱が入っていた。

取り出してダイニングテーブルまで持っていく。

食器を洗い終わった香澄が、紅茶を淹れている。

そっと箱を開けると、一番上に父の写真が載っていた。

パイロット姿の父は、とてもかっこよかった。

もしかしたら母が一番好きな写真なのかもしれない。

これは明日、持っていってあげようと思った。

その下に入っている写真や書類の束を取り除くと、一番下にスクラップブックが入っていた。

これが母の言っていた記事のまとめだろう。

ゆっくり取り出し、箱のふたを閉め直す。

紅茶を淹れた香澄が、僕の隣に座った。

「それは？」

香澄の質問に僕は軽く説明をする。

母が父の記事をまとめていたこと。

母は父の無実を信じていたこと。

母のためにも、父の無実をなんとか証明したいということ。

香澄は僕の父の話を知っていたものの、詳しくは知らなかったようで、少し驚きながら聞いていた。

「もし母さんに何かあったらと思うと、できれば母が生きているうちに父の無実を証明したい……と思ってるんだ……」

僕の話す言葉の意味を、香澄は懸命に理解しようとしてくれていた。

ただ、両親共に健在で、ごく普通の家庭に育った香澄には、本当の意味で僕の気持ちに共感することはできないように思えてならなかった。

生まれ育った環境は自分で選ぶものではないので、仕方のないことだと頭では分かっている。

それでも、僕の父に対する複雑な気持ちや、母の願いに応えたいという強い思いを同じように感じることができないであろう香澄の境遇に嫉妬《しっと》に似た感情が芽生え始めた。

自分の醜《みにく》さが苦しい。

香澄はこんなに僕のことを支えようとしてくれているのに。

僕はそんな複雑な気持ちを掻き消すように、香澄が淹れてくれた紅茶を飲んだ。

さっき泣いたことで少しだけ頭がすっきりした気がする。

父の無実の証明をするためには、まず僕がこの事実をちゃんと直視しなければいけない。

母の病気のこともあり、今僕がこれを受け止めきれるだけの余裕があるか分からないけれど、少しずつスクラップブックの内容を読んでいこうと心に決めていた。

「翔平くん。今日はじゃあこの辺で帰るね」

香澄は紅茶のカップを洗い終わった後、僕にそう声をかけた。

僕は、母の残したスクラップブックを読み始めていて、香澄の存在をすっかり忘れていた。

「あっ、ごめん。うん、今日はありがとう」

立ち上がって玄関まで向かう。

さすがに遅い時間だ。

駅まで送ろうと、一緒に玄関を出た。

無言のまま手を繋《つな》いで歩く。

本当なら、香澄に会えたことが嬉しいし、泣いている僕を支えてくれたことに感謝《かんしゃ》の気持ちでいっぱいのはずなのに、僕の心はもう父のことに支配されていた。

ほとんどしゃべらなかったので香澄はもしかしたら僕が、母のことでまだ落ち込んでいると考えているのかもしれない。

僕は父のことに関する気持ちをなんとか追い出し、香澄に気持ちを向けるよう意識《いしき》した。

「翔平くん、無理しないでね」

駅に着くと、香澄は言葉を絞り出して僕に抱きついてきた。

香澄の優《やさ》しさが身に染みる。

明日からはきっと苦しいことの連続なのだろう。

香澄とこうして二人きりになる時間も少なくなるかもしれない。

僕は漠然とした不安を抱えたまま、改札を通り抜ける香澄に手を振った。

第10章

終わりに向かって

次の日、母の精密検査は一日かけて行われた。

僕は、昨晩寝ずに父の資料を読みふけっていたので、少しうつらうつらしながら病室で母の帰りを待っていた。

念のため持ってきたスクラップブック、受験《じゅけん》勉強道具たちは、未《いま》だにカバンの中にしまったままだ。


目の前に広い草原が広がっていた。

ピクニックをしているのだろうか。

レジャーシートの上に座る母。

美味《おい》しそうな弁当が広げてある。

母は大きなつばの帽子をかぶり、眩《まぶ》しそうに僕のいるほうへ手を振っていた。

振り返ると、後ろに父がいる。

額《ひたい》から汗を流しながら、父は母に手を振っていた。

二人《ふたり》の笑顔《えがお》で僕は急に嬉《うれ》しくなり、後ろにいる父に飛びつこうとした。

僕の手が父を捉《とら》える瞬間《しゅんかん》、目の前にいるはずの父がふっと消えてしまった。

僕は消えた父を捜すために声を出そうとする。

声がうまく出ない。

振り返って母を捜す。

先ほどまで晴れて明るかった草原は、急に真っ暗な雲に覆《おお》われ、レジャーシートの上にいるはずの母もいなくなっていた。

シートの上には先ほどと変わらぬ弁当。

僕は懸命《けんめい》に消えてしまった父と母を捜そうとした。


「母《かあ》さん！」

やっと声が出たと思ったら、そこは母の病室だった。

うっかり寝てしまい、夢を見ていたらしい。

母のこと、父のこと、昨日《きのう》からいろいろと考えていたから夢に見たのかもしれない。

夢の中ですら幸せになりきれない自分が、少しだけ悔しかった。

僕はカバンの中からスクラップブックを取り出した。

母が集めた父の記事は、ほとんどが酷《ひど》い内容で、中にはあきらかに創作された中傷もあった。

しかしごく一部に、母が希望を見出《みいだ》したであろう記事は確《たし》かに存在した。

父が事故を起こす少し前に、同じ空港が起こしていた整備《せいび》ミス。

今ならおそらく徹底的《てっていてき》に調査《ちょうさ》し、原因追及や改善がなされることだろう。

残念ながら、当時はそこまで徹底した安全管理を行なうという意識《いしき》が薄《うす》かったのかもしれない。

ちょっとしたミスで飛行機が予定時刻を大幅に遅れて離陸《りりく》したということだけが記されていた。

さらに、いくつかのミスにより、離陸時や着陸時にトラブルを起こしていた記事もあった。

全《すべ》て同じ空港だった。

父の飛行機が墜落《ついらく》した空港だ。

これらの記事を結びつけて考えた人はいなかった。

いや、いたのかもしれないが、当時はパイロットのせいだと大々的に報道されたことで表に出ることはなかったのではないだろうか。

スクラップブックを隅から隅まで読みふけったことで、僕も母と同じように、あの事故は父の操《そう》縦《じゅう》ミスである可能性が低いと考え始めていた。


父のことに関して考えられることはこの程度だった。

母の集めたスクラップブックだけでは真実にたどりつくわけがない。

母が十何年も追い求め続けて、それでも確証までには至っていないことなのだから。

僕は父の事故のことを頭から追い出すため、スクラップブックをカバンにしまった。

ふと、パイロット姿の父の写真が目に入る。

そういえば飾っておこうと思ったんだと思い、ベッドの脇にある台にそっと置いた。

「父《とう》さん、母さんを守って……」

小声で呟《つぶや》きながら手を合わせた。

椅子《いす》に座り直すと、僕は携帯を片手に持った。

今度は母のことだ。

子宮体癌《しきゅうたいがん》からの再発、転移について……。

僕はまだ何も知らない。

まずはそれらを理解することから始めなければいけない。

母を守るためにも、母よりも詳しく知っておきたいと思っていた。

携帯でｗｅｂ《ウェブ》サイトを検索する。

「肺、転移」と打つ手が震《ふる》えているのが分かった。

あまり思いつめないように意識を集中しながら、いくつかのサイトを読みふける。

子宮体癌だと分かった時も絶望的な気持ちを味わったが、今回はもっと酷かった。

死に至る可能性の高さを感じたからだった。

今後、自分が何をすべきなのか、判断がつかない状態のまま、ただただ助かった人の例や、治《ち》療《りょう》について調《しら》べ続けていた。

しばらくすると、メールが届いた。

香澄《かすみ》だった。

母と僕を心配するメールだ。

僕はひとまず現状を知らせた。

と言っても、まだ検査の途中であることだけだ。

それでも、香澄や健太《けんた》がたまに連絡をくれることで、苦しい地獄《じごく》のような気持ちがほんの少しだけ和《やわ》らぐような感覚があった。

病院に来てから、一人《ひとり》で全てを背負っていかなければいけないという強いストレスを感じていたことに気づかされた。

一人じゃない。

香澄も健太も、できる限り支えようとしてくれている。

昨日、母が言っていた通り、僕は二人が傍にいてくれることに感謝《かんしゃ》の気持ちしかなかった。


ガラリ。

病室の扉が開く音がして、僕は急いで立ち上がった。

母が主治医と一緒《いっしょ》に戻ってきた。

「お待たせ」

意外と元気そうだ。

「お昼食べて、しばらくゆっくりしていてくださいね」

主治医は母に言うと、ベッドまで付き添ってから部屋《へや》を出た。

母は静かにベッドに横になると、テレビを点《つ》けようとリモコンを操作した。

「あっ、これ……」

ベッド脇の台に置かれた父の写真を見つけると、母は少しだけ嬉しそうな顔をしていた。

よかった。

喜んでもらえたようだ。

「スクラップブックを出す時に大事にしまってあったのを見つけたから、母さんのお気に入りの写真なのかなと思って」

僕は写真を持ってきた経緯《けいい》を伝えた。

必然的にスクラップブックを見たことが伝わってしまい、母は少しだけ真剣な顔になった。

「翔平《しょうへい》、読んだ?」

僕は小さく頷《うなず》いた。

「そうだね。いろいろ考えることが多かったから、手が空《す》いたら調べてみようと思ってるよ」

そう言うと、母は少しだけホッとした顔をしていた。

「翔平に迷惑ばかりかけてごめんね」

昨日から何度も聞いた言葉を繰《く》り返した。

僕は聞こえないふりをして椅子から立ち上がると、「ちょっと昼飯調達してくるわ」と言って、病院の売店に向かった。

病院の廊下は冷たく、外の暑さが嘘《うそ》のようだった。

母は、いつまでここにいなければいけないのだろう。

回復する見込みはあるのだろうか。

もしものことがあったら、僕はどうすればいいのだろうか。

そんなことを考えながら、冷たく薄暗い廊下を歩き続けた。


昼食を終え、部屋でゆっくりしていると、コンコンと扉を叩《たた》く音がした。

扉を開けたのは主治医の先生。

「結果が出たから診察室に移動できるかい？」

その言葉に母と二人で頷くと、母をベッドから起こし二人で主治医に従って歩く。

主治医の診察室に入ると、いつも僕は母が座っている椅子に腰をかけた。

「鈴木《すずき》さん、検査お疲れ様でした。結果を説明しますね」

主治医はそう言うと、いくつかのＣＴ写真や検査結果を見せながら、一つ一つ丁寧《ていねい》に話してくれた。

そして最後にこう言った。

「やはり転移性肺癌で間違いないようです」

主治医は母に向かって言った。

母はある程度覚悟を決めていたのだろう。

泣き崩れることも、大きくショックを受けた様子もない。

主治医の目を真っ直ぐに見ていた。

一方僕はというと、転移性肺癌の可能性を聞いていたにもかかわらず、ショックを隠しきれないでいた。

遠隔再発の場合、目に見えない小さな癌細胞が全身に広がっているのだ。

「先生、母は治るんですか……?」

僕は小さな望みを託した。

「翔平くん、肺に転移した子宮体癌は進行性の癌でね。実際治癒は不可能なんだ」

主治医の言葉に、僕は頭を殴られたような気持ちでいっぱいだった。

治癒が不可能?

そんなことがあるのだろうか。

僕がしばらく言葉を失っていると、主治医は母に向き直った。

「翔平くんに治癒は不可能と言いましたが、転移性肺癌でも緩和目的の治療で症状を抑えることは可能です」

そう言うと、主治医は母に緩和治療について説明し始めた。

「できれば穏やかに生活ができるところに行きたいのですが……」

母の希望を聞いた主治医は、何やらいろいろな施設について母に話し始めた。


主治医の診察室を出て、母と無言のまま病室に戻る。

思った以上に母は元気そうだ。

母がベッドに横になるのを手伝った後、僕は傍にある椅子に腰をかけた。

「翔平、心配かけてごめんね」

母は父の写真を手元に持ってくると、それをゆっくりと抱き締めた。

僕は母にかける言葉が見つからず、無言で俯《うつむ》いていた。

ふと頭に母の手が触れる。

僕がビックリして顔を上げると、母は父の写真を布団の上に置いたまま、僕の頭を撫で始めた。

高校生にもなって少し恥ずかしかったが、拒否することも喜ぶこともできず、反応も何もせずにじっとしていた。

「翔平、私は大丈夫よ。なんとなくもう長くはないかなって思っていたし、前の手術の時覚悟は決めてたから」

子宮体癌が分かった時のショック。

死の覚悟。

予後が良好だと判断され、普通の生活に戻れた時の喜びと、常に付きまとう再発の不安。

そしてここ数か月の体調の変化。

僕には内緒で、母は自分の身体について調べていたようだった。

「なんで……」

僕はやっと絞り出した言葉を発した。

なんでもっと早く相談してくれなかったのか……。

なんでもっと早く病院へ来なかったのか……。

聞きたいことはたくさんあるものの、どうしても詰め寄るような、責めるような、そんな言い方しかできない気がして僕はまた口を閉じた。

母は、僕の頭から手を離し、僕から目を逸らすように窓の外を見て言った。

「お母さんね、翔平がいなかったら、お父さんの事故の後、生きていられる自信がなかった。とにかく、がむしゃらに翔平を育てることだけを生き甲斐《がい》にしてきたの。

仕事も楽しくできて、翔平が家事をやってサポートしてくれて、私はきっと幸せな人生を送れたんだって思ってる。

子宮体癌だって分かった時にね。

私が死んだら翔平が一人ぼっちになってしまうって思ったの。

でも、翔平にはちゃんと翔平の居場所ができていて、健太くんや香澄ちゃんが傍にいてくれてることが分かってね。

その頃から、死ぬことを怖いと思わなくなったの。

翔平が立派に育ってくれたことが、お母さんにとっては本当に嬉しいことだったのよ」

母はそこで言葉を切った。

少し大きく息を吸い込む音が聞こえた。

「翔平。お母さん、これからゆっくりと自分の人生を終える準備をしたいと思っているの。

今までお母さんを生かしてくれてありがとう」

母の最後の言葉で、僕の頬には涙が伝った。

母はもうしっかり心の準備をしているのだ。

僕だけが取り残されたままで。

「うん……」

僕はなんとか一言呟いた。

まだ気持ちの整理がついていない。

母の死が現実に襲いかかってきているという実感が湧いていない。

何を話せばいいのか、僕には全く分からなかった。

母はゆっくりと振り返ると、小さな手で僕の頬を軽く拭った。

「大丈夫よ。心配しないで。お父さんのところに行くだけなんだから」

母の顔は優しく微笑んでいて、無理をしているようには思えなかった。

「分かったよ。でも、できる限り苦しい時間が少ないように、幸せに過ごせるように先生と相談しよう」

僕が言うと、母は少しホッとしたような表情で頷いてくれた。

母の手を握る。

僕の手で包み込めるくらい小さく細い母の手の感触が、なんだか弱々しく思えて悲しくなった。

それでも、この手が人生を幸せに全うできるように、僕はできる限りのことをしようと前向きに考え始めていた。


「ちょっと疲れたから、少し寝るね」

母はそう言うと、ゆっくりと瞼《まぶた》を閉じた。

そのまま目を覚ましてくれないんじゃないかという不安がつきまとう。

頭では母の言っていることを理解していても、まだ母を失うことを受け止めきれているわけではなかった。

母の寝息が聞こえてきたところで、僕はゆっくりと携帯を取り出した。

先ほど、主治医が母といくつかの施設について話をしていた。

母は穏やかに生活ができるところに……と言っていた。

主治医と母の会話を断片的に思い出し、キーワードを検索する。

子宮体癌、転移。

読み進めると、遠隔転移という項目があった。

母の場合はこれだろう。

抗がん剤治療か、緩和療法か。

それぞれの違いを調べると、おそらく母の望んでいるのは緩和ケアだということが分かった。

簡単に言えば、癌による精神的、身体的な苦痛を和らげ、人間らしく生きるためのものだ。

人間らしく……。

僕にはその言葉が重く感じられた。

残される家族としては、やはり一日でも長く生きていてほしいと思ってしまう。

しかし、母はその一日一日を自分らしく生き抜きたいと思っているのだろう。

その気持ちを理解できるようになっただけでも、僕は一歩も二歩も前進したように感じた。


その後、数日かけて主治医と母と僕との相談が続いた。

一口に緩和ケアと言っても、在宅で通院しながらのケア方法もあるし、施設に入所するという方法もあった。

母は施設への入所を希望しているようだった。

僕はというと、可能なら家にいてほしいと思っていた。

「大変だとは思うけど、なんとか家にいられないのかな……」

僕が言うと、母は必ず首を振った。

「翔平への負担が大きすぎるのよ。私はこれ以上翔平に迷惑をかけたくないの」

迷惑だなんて！

僕は何度もそう言ったが、母は頑として譲らなかった。

母の気持ちは痛いほど分かっていた。

家事と母の看病をするだけじゃない。

僕は学校に通い、受験を控えているのだ。

確かに、ものすごく大変なのかもしれないとは思うものの、それでも残りの時間をできる限り共有したいという気持ちを簡単に消し去ることはできなかった。

何度目かの話し合いで、自宅と学校の中間地点にあるホスピスへの入所が決まった。

家にいられないのであれば、毎日でも通える場所にいて欲しいという僕の希望をなんとか叶えてもらったのだ。

「鈴木さん、翔平くん。大切な時間をお過ごしくださいね」

主治医の言葉に、僕は下げられないくらい頭を下げてお礼を口にした。

そして退院の日。

母は、お世話になった主治医の先生や看護師さんたちに、一人一人丁寧にお礼を言っていた。

母にとっては、これが最後の挨拶なのだ。

僕はそんなことを考え始めてしまい、気づいたら目の前の景色が涙で滲《にじ》んでいた。

挨拶を終え、母と二人でゆっくりと歩き始める。

病院に通う時にいつも通る桜並木も、もう青々とした葉に覆われ、隙間から差し込む日差しは眩《まぶ》しく感じるほどだった。

「ここを歩くのも、もう何度もないかな……」

母は聞こえないくらい小さな声で呟いた。

もしかしたら、一つ一つ思い出を心に焼きつけようとしているのかもしれない。

僕は持っている荷物を片手にまとめると、細く小さくなった母の手を握った。

母は少し驚いた顔で僕を見上げたが、何も言わず僕の手を強く握り返してくれた。

母と手を繋ぎ歩く桜並木は、人一人おらず僕らだけを包み込んでくれた。

「翔平、大きくなったわねぇ」

母は前を向き、ゆっくりと歩を進めながら僕に話しかけた。

僕は何も言わず、母の歩みに合わせる。

「どんなに大きくなっても、翔平はお母さんの子供だからね。

やっぱり翔平を一人残して逝くことが気がかりなの。

あっちにいるお父さんに会えるんだって思うと嬉しいのに、翔平に会えなくなるのは寂しい。

お母さんってばわがままよね」

なんだか少し弱気になっているように思えた。

「俺は大丈夫だよ。気にすんなって」

どんな励ましの言葉をかけるべきか、僕は何も思いつかなかった。

相変わらずな自分が腹立たしい。

しばらく無言で手を繋いだまま歩いた。

僕はなんとか気持ちを奮い立たせて、母に伝えるべき言葉を探していた。

「母さん……」

まだ固まりきっていない自分の気持ちを整理しながら、母に声をかけた。

母は「うん?」と小さく反応してくれた。

「今まで俺のために一生懸命働いてくれてありがとう。

心配しなくてもいいよ」

家事は得意だし、受験もがんばる。

だから、母さんは自分のことだけを考えて、わがままに生きて欲しい。

やってほしいことがあったら何でも言って。

できる限り叶えるから。

しんどい時は素直に言って。

代わることはできないけど、最善の方法を探すから」

僕は足を止め、一呼吸置いた。

荷物を足元に置いて、母の手を両手で握って向かい合う。

「母さん。楽しく生きよう?」

今、僕が言えることはこれくらいしかなかった。

母の顔をしっかりと見つめる。

少し痩《や》せた気がするが、それでも本当に全身に癌が散らばっているのかと疑いたくなるほど元気そうに見えた。

俯いていた母が顔を上げて僕の顔を見る。

母の潤《うる》んだ瞳《ひとみ》が見え、僕はもらい泣きしそうになるのを必死に耐えた。

「ごめんね……。ありがとう……」

母の目から一粒の涙がこぼれた。

僕はその小さな体をそっと引き寄せて抱き締めた。

よくテレビドラマや映画で見かける「こんなに小さかったのか……」という気持ちをまさに体感していた。

母の体は、僕が思っている以上に小さく、僕が大きくなっただけではないことが理解できた。

この小さな体で、ずっとがんばってきたのだ。

それを思うだけで、僕の目からも小さな涙がこぼれた。

少しの間、母を抱き締める。

母は抵抗することなく、僕に抱き締められていた。

僕は気づかれないように自分の涙を拭い、母の体を離した。

照れくさくて、母の顔を見ずに荷物を持ち上げると、もう一度母の手を握って歩き始めた。

目線《めせん》の端に、母の少し嬉しそうな顔が映り込んでいた。


それからの日々は、しばらく環境《かんきょう》の変化に慣《な》れるだけで一苦労だった。

僕は塾《じゅく》だけ数日間休んで、学校が終わると家に帰って母の準備を手伝《てつだ》った。

ホスピスへ入所する準備もだ。

まるで引っ越しでもするかのように、母の荷物を整理していく。

母はこっそり生前整理をしていたらしく、日頃から意識して物を溜《た》め込まないようにしていたため、不要な物が少なかった。

そもそも父のいない母子家庭だったから、母と僕の二人で写る写真は極端に少なかったし、母が大切にしていた物は、父の遺品《いひん》と仕事関係のもの程度だった。

荷物の整理と同時に、母は仕事の整理、葬式やその費用、保険、その他とにかく多くのことを処理していった。

あまりの元気さに、何度も僕は母の病状を疑ってしまった。

数日間、家のことをまとめてこなした後、母はあっさりとホスピスへ入所していった。

僕も付き添ったが、施設全体も部屋もとても明るく、先生たちも優《やさ》しい感じがして安心できた。

場所も家と学校の間ということもあり、できる限り毎日立ち寄る約束をして、母と別れた。

あっさりしたものだ。

今日明日《きょうあす》亡くなるという緊急度《きんきゅうど》がない上に、ここ数日元気に過ごしている母を見ていたから、いつの間にか現実感が薄れていた。

自宅に帰り、母の荷物のない部屋を見て、急に喪失感に襲《おそ》われた。

ここに母が戻ってくることはもうない。

その事実が、僕を急に辛い現実へと引き戻していった。

携帯が鳴る。

香澄だった。

母が進行性の癌であること、ホスピスへ入所することは、香澄と健太と学校の先生だけには伝えていた。

今日が入所日だということを香澄はちゃんと覚えていたのだろう。

電話を取る。

「もしもし？　翔平くん？」

ここのところ母のことばかり考えていたから、香澄の声が少し懐《なつ》かしい。

ぽっかり空いた心の隙間が温かい気持ちで埋まっていく感覚を味わっていた。

「母さん、ホスピスに入所したよ」

聞かれるまでに僕は話した。

その一言で香澄は状況を把握したのだろう。

「そう……」

呟くように言うと、しばらく無言が続いた。

息を吸う音が聞こえる。

「翔平くん。大丈夫？」

香澄にとって、その言葉を発するのは勇気のいることだったのかもしれない。

母のことにかかりきりだった僕は、香澄と会って、向き合って話し合う時間をほとんど取れていなかったから余計だ。

「うん、しばらく連絡がちゃんとできなくてごめん」

僕は素直に謝《あやま》った。

決して何が悪いというわけではないが、それでも香澄に寂しい思いをさせたという自覚はあったからだ。

「そんな！　そんなこと気にしなくていいよ。お母さんのことのほうがずっと大事だし……」

こういう時、香澄の懐《ふところ》の大きさを痛感する。

寂しくても絶対に寂しいと言わない。

そんなところは、もしかしたら母に似ているのかもしれない。

「今度さ、一緒に母さんのところへ遊びに行こう」

こんな誘いは普通喜ばれるものではないが、香澄ならきっと喜んでくれると僕には分かっていた。

案の定、携帯の向こう側でうんうんと大きく頷く様子が手に取るように分かった。

「行きたいな。お母さんといろんなことお話ししたいし……」

香澄とたわいのない話をしたことで、徐々に日常に戻っていく感覚があった。

しばらくワトソンの話を聞いたりしてから、電話を切った。

ふぅっとため息をつく。

「よしっ」

僕は大きく声を上げると、自分の部屋に向かった。

いつまでものんびりしていられない。

母や健太や香澄に心配をかけないためにも、受験勉強はちゃんとやらなければ。

健太から毎日届く授業内容とテスト範囲《はんい》の連絡を見返す。

いつの間にか夏休みも近づき、期末テストが迫っていたのだ。

久しぶりに一番好きな化学の教科書を開くと、景気づけにテスト範囲を読み返し始めた。


「翔平、大丈夫か？」

母が昨日ホスピスに入所したことを健太は知っていた。

「おう、大丈夫。昨日母さんは引っ越ししたよ……」

周りに聞こえないくらい小さな声で健太に返した。

健太は神妙な顔をして小さく頷いた。

これでも医師を目指す人間だ。

健太の心の中はいろいろと複雑な気持ちが入り混じっているのだろう。

「今度さ、俺も遊びに行っていいかな、お前のお母さんのところ」

僕は健太の優しさを心の底から喜んだ。

「ああ、学校からそこそこ近いし、よければ」

嬉しいという気持ちは言葉に表せなかったものの、気持ちは滲み出ていたのだろう。

健太は少しにやけながら、潤んだ瞳で僕の肩をポンポン叩いていた。

「席につけ～」

担任が教室に入ってくる。

僕と目が合うと、微《かす》かに笑顔を見せてくれた。

僕は小さく会釈をし、急いで席についた。

担任の気遣《きづか》いが僕には嬉しかった。


休んでいた間の勉強は、正直取り戻すのに少し時間がかかった。

母のことがあって頭の中は空っぽになっている感覚がしたし、思い出すのにも詰め込むのにも苦労した。

母のいない家に帰り、一人で机に向かうことに慣れるまで、正直勉強に集中できなかった。

それでも、なんとか期末テストをこなし、世間は夏休みに突入していった。


「お待たせ」

今日は母のところに健太と香澄が遊びに来てくれることになっていた。

二人とも忙しいのに、丸一日空けてくれたのだ。

母はとても心待ちにしていたので、すごく嬉しそうだった。

「健太、相変わらずギリギリだな」

僕は健太を茶化《ちゃか》しながら、既に到着していた香澄も連れて、三人で母の部屋を訪れた。

コンコン。

扉を叩くと、部屋の中から元気そうな母が顔を出した。

「いらっしゃい」

嬉しそうな笑顔を見せる母に、健太と香澄も笑顔で挨拶《あいさつ》を返す。

香澄はさすがというべきか、母へ自作のケーキを持ってきていた。

キッチンも備えつけられているため、母はもらったケーキを冷蔵庫に仕舞い、みんなを部屋に案内した。

「ありがとね。忙しいのに私のために二人共……」

母は笑顔で目を潤ませながら言った。

相変わらず普通に見えるが、痛みを緩和するための薬を投与し始めているせいだろうか、少しだけ元気がないように感じた。

早速、女性二人で話が盛り上がってきたので、僕は健太を引き連れて部屋を出た。

健太はきっとこの施設そのものにも興《きょう》味《み》があるだろうと思ったからだ。

施設内の様々なところを案内する。

広々とした共有スペース、看護師《かんごし》の常駐《じょうちゅう》するナースステーション、併設している病院の待合室、中庭など……。

健太は親の跡を継いで医師になると言っていたが、なんだかんだそれなりに医師を目指すための気持ちはしっかりと固まっているようだった。

「すごくいい施設だな……」

健太はボソッと呟いた。

僕は少し嬉しかった。

母の最期を看取《みと》るであろうこの場所が、よい施設だと評価された気がしたからだ。

「そろそろ戻るか」

時計《とけい》はそろそろ一番上で針が重なるところだった。

母の部屋に向かう長い廊下を歩いていると、香澄の声が響《ひび》いた。

「お母さん!!!」

僕たちは何事かと急いで部屋に入る。

香澄に抱きかかえられながら、母は俯いていた。

嘔吐《おうと》したようだ。

僕はすぐにナースコールを押し、指示を仰《あお》いだ。

看護師が駆けつけるまでの間、僕らはナースコールの指示に従い、母をベッドにゆっくり運んだ。

すぐに看護師が部屋に到着し、吐瀉物《としゃぶつ》の片付けと同時に脈や体温を測り始めた。

緊迫した空気が漂う中、僕らはただ茫然《ぼうぜん》と様子を眺めているしかなかった。

「大丈夫です。薬の副作用でしょう。少し眠っていれば元気になりますよ」

看護師の言葉でホッとする。

「ごめんな。二人共」

僕は香澄と健太に詫《わ》びた。

母は我慢強い。

今朝《けさ》最初に顔を合わせた時に、少し気分が悪いのかな?と思ったのに、それをちゃんと確認《かくにん》しなかったから、母は限界まで我慢してしまったのだろう。

せっかく香澄と健太に来てもらったのに、母も悔しいだろうし、二人には恐怖を感じさせてしまったのではないかと思った。

「ううん、私が無理をさせてしまったのかも……」

香澄はベッドに寄り添いながら母の手を握り、僕のほうを見上げて涙ぐんだ。

「香澄のせいじゃないよ。母は嬉しかったと思う。嬉しすぎて自分で無理をしてしまっただけなんだ。ごめん」

母の気持ちをうまく代弁できず、僕は香澄の頭をそっと撫でた。

しばらく沈黙《ちんもく》の時間が流れた。

「今日はもう帰ったほうがいいかな……」

健太が僕にこっそり話しかけてきた。

確かに、このまま母が起きるまでいてもらうのも申し訳ない。

僕は少し悩んだ後、小さく頷くと、香澄に声をかけた。

「今日は帰ろう。また別の日に遊びに来てやってよ」

ずっと涙ぐんだまま母の手を握っていた香澄の肩を両手で抱き、なんとか立ち上がらせた。

香澄はしばらく母を切なそうに見下ろした後呟いた。

「お手紙……書いてから帰ろうかな」

持っていた手帳のページを千切り、母へのメッセージを書いた。

健太も何か書きたいというので、僕の手帳のページを千切って渡した。

二人からのメッセージをテーブルの上に置き、部屋を出た。

帰りがけにナースステーションに事情を説明し、母の様子を確認してもらうようお願《ねが》いした。


外に出ると夏らしい熱気が僕らを包み込んだ。

「アッチィ――!!」

健太が太陽を遮《さえぎ》るように手をかざしながら空を見上げた。

「今日はごめんな。せっかく来てもらったのに心配かけちゃって……」

僕がもう一度謝ると、二人共首を大きく左右に振った。

「さ、昼飯食べに行こうぜ」

健太が僕の背中を押し、歩き始めた。

第11章

白い煙

季節はあっという間に変わっていった。

僕は相変わらず、学校とホスピスと塾《じゅく》と自宅を行き来する日々だった。

母の病状は少しずつ進行しているものの、緩和《かんわ》ケアの甲斐《かい》もあり、多少の副作用さえ我慢すれば快適に暮らせているようだった。

ホスピスに入所して、そろそろ半年が経《た》とうとしていた。

無事にクリスマスも正月も越えることができ、決して治るわけではないと頭では理解しているのに、心のどこかでこの生活がずっと続くような錯覚《さっかく》に陥っていた。


「なあ、年末の模試どうだった？」

年も明け、センター試験《しけん》まであと数日を残すのみとなっていた。

塾で受けたセンター試験直前の最終模試の結果は、幸いにも志望校への合格は余裕だった。

「なんとか行けそうだったよ。お前は？」

健太《けんた》の話を聞く。

基本的には合格ラインの点数が取れているものの、ギリギリだった教科もあり少し不安が残る結果だったようだ。

冬休み中の冬期講習《こうしゅう》で顔を見かけたが、お互い志望校も苦手科目も違うため、ほとんど同じ講座を受講していなかった。

僕自身は、多少志望校への余裕があったため、母のところへ通う時間を捻出《ねんしゅつ》することを優先《ゆうせん》し、あまり多くの講座を取っていなかったこともある。

「早く受験終わんねーかなー」

健太は大きく伸びをして、椅子《いす》に寄りかかった。

教室内もセンター試験直前のせいか、ピリピリとした空気が漂っていた。

僕も始業までの間に勉強でもするかと席についたが、すぐに担任が教室へ入ってきた。

担任は何も言わず、僕のほうへ向かってくる。

僕の前で立ち止まると、目を合わせてそのまま立ち去った。

ついてこいということだと理解した僕は、クラスの注目を背中に受けながら教室を後にする。

無言で職員室《しょくいんしつ》までついていった僕は、なんとなく察しがついていた。

母のことだろう。

職員室に入る直前、担任が言った。

「お母《かあ》さんのところから電話だ」

それだけを言うと、職員室へ入り、席にある受話器を僕に渡してくれた。

「もしもし……」

僕は覚悟をして電話を受けた。

ホスピスからの連絡は、案の定母の状態が悪化したとの報告だった。

今日明日《きょうあす》というわけではないが、可能であればすぐに来てほしいとのことだった。

電話を切ると担任に相談《そうだん》する。

幸い、数日間は休んでも出席日数に問題ないようだった。

「しっかりな」

言葉少ない担任だが、僕と母のことを心配してくれているのが伝わってくる。

僕は担任の顔をしっかり見つめて頷《うなず》くと、教室へ急いで戻った。

荷物をまとめていると健太が近づいてくる。

「母さんのところへ行ってくる」

健太は心配そうな顔をしていた。

「まだ分からないけど、それなりに緊急度《きんきゅうど》が高いみたいだ。お前はセンターの準備がんばれよ」

僕は健太に軽く手を振って教室を後にした。

外に出ると、雪でも降り出しそうな冷たい空気が全身を覆《おお》う。

マフラーで顔を覆い、両手をポケットに仕舞《しま》い込み、僕はホスピスへ急いだ。

ホスピスに着くと、すぐにナースステーションに駆け寄った。

看護師《かんごし》は僕の顔を見るとすぐに気づいて声をかけてくれた。

「鈴木《すずき》くん。急に呼び出してごめんね」

僕は首を振り、状況を聞いた。

「母は……？」

看護師は母の部屋《へや》へ一緒《いっしょ》に行きながら、呼び出した経緯《けいい》を話してくれた。

ここ数日落ち着いていたものの、今朝《けさ》急に呼吸が乱れたようだった。

部屋に入ると、酸素マスクをつけた母の姿があった。

「翔平……」

母が小さく呟《つぶや》いた。

「母さん、痛いところは？」

僕の声に、母は微《かす》かに笑《え》みを浮かべた。

「大丈夫よ。少し苦しくなっただけ」

酸素マスクと点滴をつけているせいか、母がとても重病人に思えてきた。

いや、確実《かくじつ》に重病人であることは間違いないのだが。

看護師は僕にいくつかの説明をし、部屋を後にした。

僕はカバンを置き、母の傍《そば》に座った。

この後、医師が様子《ようす》を確認してくれるらしい。

母の手を握ると、ずいぶんと骨ばっているように感じた。

毎日会いに来ていたのに、手を握るなんて久しぶりだと思い、有限な母との時間を無駄《むだ》にしてきたような気持ちに襲《おそ》われた。

「今は苦しくない？」

僕が声をかけると、母は静かに瞬《まばた》きをして微笑《ほほえ》んだ。

「大丈夫よ。ありがとう」

しばらく静かな時を過ごした。

医師が診察し、現状を説明してくれた。

これは母が希望したことだった。

さようならをちゃんと自分の口で言いたい。

そのためには、病気の進行と状況の把握が大切だと話し合った結果だ。

医師の説明によると、やはりそろそろ最期の時が近づいているということだった。

気持ちを整理《せいり》し、悔いのないようにと優《やさ》しく声をかけてくれた。

医師が部屋を出て母と二人《ふたり》きりになると、僕は、とうとう来るだろうその時をしっかり受け止められるのか、少し自信がなくなってきた。

それを見透かしていたのだろうか。

母は微笑んで僕の頭を撫《な》でた。
「翔平《しょうへい》、最期まで母さんのわがまま聞いてくれてありがとね」
僕は下唇を噛《か》んだ。
本当はもっと生きて欲しい。
もっと一緒にいて欲しい。
そんな気持ちを表現してしまえば、母が苦しんでしまう。
僕は、ずっと心の奥に引っかかっていた気持ちが湧《わ》き出てくるのを抑えきれなかった。
涙がこぼれる。
頭を撫でていた手が僕の涙を拭《ぬぐ》った。
「母さん……」
母は大きく深呼吸をしてから言った。
「いいのよ。翔平。思ってることを吐き出して」
きっと何もかも気づいていたのだろう。
母のその言葉に、僕の中から堪《こら》えていたものが溢《あふ》れ出してきた。
「母さん……。
行かないで……。
一人《ひとり》にしないで……」

今言うべき言葉はこれじゃない。
僕の頭はそう警告《けいこく》していたが、それでも感情を抑えることができなかった。
僕は泣きじゃくりながら、母の手を握り、その手を抱きしめた。
「母さん……
ずるいよ……
父さんも母さんも……
一人にしないでよ……
母さんがいなくなるなんて嫌だよ……
……
……
行かないで……」
ずっと胸につかえていた気持ちを母にぶつける。
僕は母の顔を見ることもできないまま、ただただ母の手を抱き締め続けた。
しばらく泣いた後、ふと手の力を抜くと、母の手はするりと僕の手から離《はな》れていった。
僕はハッとして母の顔を見る。
母を傷つけてしまった。
最後まで言わないつもりだったのに。

そんな後悔の気持ちが僕を襲《おそ》った。

僕の手を抜け出した母の手が、もう一度そっと僕の頭に置かれた。

ゆっくりと髪の毛を撫でる感触がする。

母は、涙を流しながら笑っていた。

「よくがんばったね。我慢させてごめんね。それでいいのよ、翔平」

僕の気持ちを全《すべ》て見透かしているかのように母は言った。

「もうあと何回話ができるか分からないから。翔平の心を軽くしてやりたかった。よかった」

母はそう言って、静かに僕の頭を撫で続けた。

僕は少し俯《うつむ》いたまま、母の意図することを考えていた。

最後に、母は僕の気持ちの整理をつけようとしてくれていたんだ。

自分だって辛《つら》いはずなのに、母のその強さに驚《おどろ》いた。

ただ、確《たし》かにこの気持ちを母に吐き出すことで、僕は母に生きて欲しかったこと、さよならが寂しいことをちゃんと伝えることができて、よかったのかもしれないと考えていた。

「母さん……ありがとう」

僕は母の顔を見て言った。

もう一度母の手を握る。

今度は優しく、ふんわりと。

もう言葉は出てこなかったけど、必要もないと思った。

ゆっくりと時間が流れていく。

学校のことも受験のことも、今の僕には遠い世界の話に思えてならなかった。


それから一週間。

僕は学校を休んで毎日母の部屋で寝泊まりしていた。

母が心配するので、母の傍で受験勉強をする。

時折届く香澄《かすみ》と健太のメールに返事をする時だけが、遠い現実と繋《つな》がっていると感じる瞬間だった。


時間はゆっくりと、でもあっという間に流れていった。

センター試験を明日《あした》に控えた日。

「翔平。明日……がんばってね……」

母はこの期《ご》に及んで僕の心配をしていた。

僕は、正直かなり迷っていた。

落ち着いて試験を受けることができるか分からない。

試験を受けている間に母の体調《たいちょう》が急変したら一生後悔するのではないか。

そんな考えが頭の中をぐるぐる駆け巡っていた。

「明日の朝までに考えておくよ」

僕がそう言うと、母は神妙な面持《おもも》ちで言った。

「お母さんね……。そろそろだと……思うの……」

こういう時の母の予感は当たる。

僕は否定すべきかどうか迷っていた。

「そっか……」

否定を言葉にすると、もっと生きていて欲しいという感情が溢れ出てしまう気がした。

その気持ちはもう封印したのだ。

母の苦しみができるだけ短い時間で終わるように願《ねが》いたかった。

「翔平……」

少し苦しそうに息をしながら母が話しかけてきた。

「無理にしゃべらなくていいよ。ここにいるから」

僕が答えると、母はゆっくりと僕の顔を見て言った。

「今まで……ありがとう……。

翔平……お父さんに似て……きたわ……」

手がピクリと動いた。

僕は咄嗟《とっさ》に母の手を握り、自分の頬に押し当てた。

母はにっこり微笑んで続けた。

「いつまで……も……傍にいる……からね……」

もっと何か言いたいことがあったようだったが、母がまた苦しそうに顔を歪めたので、僕は母の手をゆっくり握り直し、首を振って言った。

「分かったよ。大丈夫。ありがとう。大好きだよ、母さん」

涙が出そうになるのを必死で堪える。

僕はなんとか母に笑顔でその言葉を伝えると、母の微笑みを見てから手を布団の上に戻した。

母は安心したのか、僕の顔を見ながらゆっくりと瞼を閉じた。

それが、母との最期の会話になった。


センター試験当日。

外はチラチラと雪が舞っている。

僕は母の葬儀《そうぎ》の準備に追われていた。

正直、ありがたかった。

母の容体を気にしながら受験をするのは難《むずか》しいと感じていたし、諸々《もろもろ》の手配に追われることで細かいことを考えずに済んだからだ。

ホスピスでは、終わりを迎える時の準備だけでなく、その後残された家族がどう葬儀を行うのかなどについても話し合うよう指導《しどう》してくれていたおかげで、僕は母の希望をきっちり聞いておくことができたし、母は自分の希望を書面に残しておいてくれた。

そのため、僕はそれらを手掛かりに必要な人に連絡を入れ、葬儀の手配をし、母の望むお別れの会を開くために全力を注ぐことができた。

父の事故のこともあり、僕ら親子は親族と絶縁《ぜつえん》しているため、喪主《もしゅ》は僕だったし、全て準備を僕一人でやらなければならず、悲しむ暇もないくらい忙《せわ》しなく動き回っていた。

コンコン。

ドアをノックする音がした。

「翔平くん……」

香澄の声だった。

さっき香澄と健太にも連絡を入れていた。

香澄はマスターと共にすぐに駆けつけてくれるとのことだった。

「どうぞ……」

僕は気を遣う余裕もなく、ぶっきらぼうに呟いて扉を開けた。

母は既に死装束に包まれ、斎場《さいじょう》へ行く準備が整っていた。香澄は扉が開くと、赤く泣きはらした目で僕を見た。

僕は何も言わず、目で母を見る。

香澄とマスターも続けて目線《めせん》を動かした。

ゆっくりと母に近づく二人を尻目《しりめ》に、僕は何も言わず荷物を片付けていた。

背中で香澄が堪えて泣く音が聞こえてきた。

普段なら香澄の肩を抱いてなぐさめてあげるところなのだが、あいにく今日はそんな気分にはなれなかった。

「翔平くん、何か手伝《てつだ》えることはあるかい？」

マスターが僕に話しかけてきた。

落ち着いた低い声は、僕に安心感を与えてくれた。

香澄の泣き声は、僕の心をチクチクと刺激していた。

親しい人が亡くなれば、誰だって悲しいものだと頭では理解していた。

それでも、僕の母が亡くなったのに自分は泣くことができず、香澄がずっと泣いている姿は、なんだか空々《そらぞら》しい。

「これから斎場に移動します。もしよろしければ……」

僕一人でも充分だったが、何しろ僕は未成年だ。

マスターがいてくれて助かることのほうが多いだろうと思った。

マスターは小さく頷くと、荷物の片付けを手伝い始めた。

斎場に移動しながら、マスターに母の希望が記された書面を見てもらう。

この後、一人でどうにもならなかった時に助けてもらうためだった。

香澄は同行しているものの、車の窓の外をボーっと眺めているだけだった。

悲しみにひたっている香澄の姿は悲劇ヒロインを気取っているように見え、僕はまた空々しさを感じてしまった。

本当は僕が一番泣きたいのに。そう心のどこかで考えているせいなのかもしれない。

そんな気持ちを隠すように、マスターと今後の相談をする。

告別式を今日、葬儀を明日行う予定だが、葬儀が終わるまで、僕は母の傍に寝泊まりすることにしていた。

その話をすると、マスターが未成年の僕が一人で斎場に泊まり込むのは危険だと、付き添いを申し出てくれた。

しかし、何度か母と会ったことがあるにせよ、マスターは赤の他人だ。

僕は申し訳ない気持ちで何度も断った。

ただ、実際自分一人で泊まり込むのは現実的ではないと思っていたから、正直ありがたい気持ちでいっぱいだった。

何度か押し問答の末、斎場に着く頃にはマスターに付き添ってもらうことに決まっていた。

斎場に着くと、喪主である僕にはやるべきことがたくさんあった。

その一つ一つをマスターが立ち会って一緒にこなしてくれた。

香澄も手伝いを申し出てくれたが、感情が高ぶっている香澄が傍にいるのが今の僕には苦痛だった。

マスターはそんな僕の気持ちに気づいたのだろう。

落ち着くためにも、「少しゆっくり待っていなさい」と香澄を斎場の椅子に座らせた。

告別式も葬儀も経験するのは父の時以来で、何も分からない僕は、葬儀屋の言うことをこなすだけで精一杯だった。

いつの間にか、母の友人や同僚、教え子が顔を出し、僕の担任や健太も席についていた。

何をして、何を言ったのかほとんど分からぬまま、気がつくと告別式は終わり、参列した方たちを見送りながらお礼を言っていた。

まるでロボットのように、「ありがとうございました」を繰《く》り返し呟きながら僕は頭を下げた。

目まぐるしく終わった告別式の後、マスターは宿泊するための準備をしに一度家に戻っていった。

母と二人きり、シンと静まり返った斎場で僕はゆっくり母の傍に座った。

「母さん……」

僕は棺《ひつぎ》の中で綺麗《きれい》な顔をして寝ている母に声をかけた。

「もう父さんに会えてるのかな？　まだこっちにいるのかな？」

独り言のように呟く。

宿泊の用意をしようとかばんを開けると、以前入れっぱなしにしていたらしい、母から譲り受けたスクラップブックが入っていた。

母が最後に入院した時以来、すっかり忘れていたものだった。

あの時、母は父の無実を証明したいと言っていたんだった。

そう思い出し、僕はもう一度ゆっくり記事を読み返していった。

あまり気持ちのいい記事ではない。

それでも、情報を読み飛ばさぬよう慎重に読み進めていった。

ふと、それまでは当たり前のように読んでいた部分が気になった。

『生存者一名』

あの大事故で生き残った人がいたのだ。

その人に話を聞いてみることはできないだろうか。

しかし読み進めると、それはほぼ無理だと悟った。

宮下《みやした》めぐみ（4）。

四歳では何も覚えていないだろう。

せっかく思いついた名案だと思ったが、またふり出しに戻った気がした。

ただ、もしかしたら何か記憶《きおく》に残っているかもしれない。

ほんの少しの可能性にかけて、その少女にいつか会いたいと思った。

もちろん、日本《にほん》のどこかにいる彼女に会える可能性は皆無に等しいと分かっていたのだが。

彼女の名前が書かれた記事を抜き取ると、僕は生徒手帳のポケットにそっと差し込んでおいた。

もう少しスクラップブックを読み進めようと思った時、ガタンと音がした。

僕が驚いて音のする方向を見ると、マスターが戻ってきてくれていた。

「よう」

小さな旅行バッグを持ってマスターが入ってくる。

僕は隠すようにスクラップブックをカバンに仕舞い込むと、マスターに向かって会釈を返した。


次の日は晴天だった。

ツンと鼻の奥が痛くなるような冷たい空気の中、高く青い空に向かって、母の煙が立ち上っていくのを僕は静かに眺めた。

とうとう母は父のところへ旅立ってしまった。

今日から僕は一人ぼっちだ。

そう実感した。

後ろでは香澄のすすり泣く声が聞こえた。

結局、僕は母が亡くなってから一度も涙を流すことはなかった。

悲しいという気持ちは当然強かったし、寂しい気持ちもいっぱいだった。

それでも、何故《なぜ》か涙が出るほど感情が高ぶることがなかった。

父の事故の後、長い間僕は感情を押し殺して生活していた。

そのせいか、自分の本心がどんなものなのか分からなくなっていた。

そんな僕も、香澄と健太に出会ったこと、母の最期を迎えることで感情が大きく揺れ動くようになった。

このまま普通に感情を表現できるようになるんだと、なんとなくそう感じていたのに、今はその時の気持ちすら分からなくなっていた。

また、僕の心の中は大きな壁《かべ》に覆われ、周りの人とは別の場所に一人ポツンと立ちすくんでいるような感覚に襲われた。

「翔平くん、大丈夫？」

真《ま》っ赤《か》に泣きはらした目で香澄が僕を見ていた。

ゆっくりと手を握ってくれたが、その感覚が母の最期を思い出してしまい、つい振り払ってしまう。

「あっ、ごめん……」

僕はただ謝るだけで、香澄を見ることができなかった。

香澄は何かを感じ取ったのかもしれない。

決して無理強《むりじ》いすることなく、傍に一緒に立っていてくれた。

香澄のことがあんなに大好きだったのに。

香澄と健太がいてくれれば大丈夫だと確かに思えたはずなのに。

自分の気持ちがどんどん分からなくなっていた。

「翔平くん、無理することないよ」

マスターは何かを見透かしているのだろうか。

僕の肩をポンと叩《たた》き、香澄を連れて少し離れた場所に移動してくれた。

香澄は戸惑っただろう。

一番辛い今、僕の傍にいたい。

きっとそう思ってくれているに違いない。

ただ、その気持ちが僕には辛かった。

本当は、僕も泣きたかっただけなのかもしれない。

でもそんな簡単《かんたん》なことができなくて苦しんでいる僕の目の前で、いとも簡単に涙を流せてしまう
香澄の姿は見たくなかった。

傍に人の気配《けはい》がする。

健太だった。

何も言わず、涙も流さず、健太は僕に倣《なら》うように空を見上げていた。

その静けさがありがたかった。

ホッとした。

しばらく健太と空を眺めていたが、マスターが来て参列してくださった方たちを見送るよう促してくれた。

「待ってて……もらえるかな……」

僕は健太にそっと呟いた。

健太は何も言わず頷いてくれた。

マスターに連れられて、参列者の方たちに挨拶《あいさつ》に向かう。

またロボットのように挨拶を繰り返し、なんとかお見送りを終えると、僕はマスターにお礼を言い、健太と一緒に帰る旨《むね》を伝えた。

「がんばったな。しばらくゆっくりしたらまたワトソンに遊びに来い」

マスターはそう言うとにっこりと笑った。

「本当に何から何までありがとうございました。助かりました」

僕は地面に頭がつくくらい深々とお辞儀をし、マスターと香澄を見送った。

香澄は何度も僕のほうを振り返ったが、マスターが香澄の背中を押して帰っていった。

「待たせて悪かったな」

寒そうに缶コーヒーを飲んでいる健太のところへ行くと、僕はゆっくり隣《となり》に座った。

健太が同じコーヒーを手渡してくる。

僕はその優しさに喉《のど》の奥が痛くなる感覚を味わった。

じわりと目元が熱《あつ》くなる。

あんなに出てこなかった涙が、今更溢れ出てきたようだった。

僕はまるで他人事《ひとごと》のように、涙を止めることなく缶コーヒーを握《にぎ》り締めた。

健太は僕から目を逸《そ》らし、まっすぐ前にある木をじっと見つめていた。

しばらくの間、無言で僕は涙を流していた。

ポケットからハンカチを取り出す。

ゆっくりと涙を拭《ふ》き、もらった缶コーヒーを一口飲んだ。

甘ったるいその液体は、喉の奥から胃の中をゆっくりと温めてくれた。

「ありがとな」

僕は健太に聞こえるか分からないくらい小さな声で呟いた。

男の友情なんて臭《くさ》い言葉は使いたくなかったが、きっとこれが友情というものなのだろう。

そう思うと少しおもしろくなって、僕はふっと息を吐いた。

「なんだよ、なんかおもしろいことでもあったか?」

健太が僕に問いかける。

いつも通りの空気に戻すきっかけを、お互い探していたのかもしれない。

「いや、何も」

いつも通りぶっきらぼうに返す。

でも声のトーンで健太にはそれが伝わっていたようだった。

健太は力を抜くように大きく息を吐き出すと、缶コーヒーを飲み干して言った。

「センターぼろぼろだったよー」

そうだった。

すっかり忘れていたが、昨日《きのう》と今日はセンター試験の日だった。

健太には本当に悪いことをしてしまった。

「ごめんな」

僕は正直に謝った。

母のことで頭がいっぱいで、試験当日の朝に健太にメールしてしまっていたのだった。

そのことに今更気づき、本当に懺悔《ざんげ》の気持ちでいっぱいになった。

「いやいや、お前のせーじゃねーって」

健太は僕が謝った理由に気づき、逆に手を合わせて謝ってきた。

どうやら母のことは関係なかったようだった。

いや、きっと関係はあったはずだが、それを言葉にするつもりはなかったのだ。

当たり前だが、健太の優しさと間抜けさが少し微笑ましかった。

「お前さ、どうすんの？」

健太が言ったその言葉を理解するのにしばらくかかった。

そうか。

センター試験を受けられなかったんだ。

今年《ことし》はどうあがいても志望校に入れないということだ。

母の病院に付き添った1週間である程度覚悟はしていたが、いざその事実を目の前にするとどうしたらいいのか少し混乱した。

「学校行ったら担任と相談するわ」

健太に言うと、もらった缶コーヒーを飲み干し立ち上がった。

「帰るか」

そう言うと健太と肩を並べてゆっくり歩き始めた。


その後、僕の浪人と健太の医学部合格と香澄の卒業が決まった。

母の葬儀の後、しばらく香澄とギクシャクしたものの、その気持ちは時間がゆっくり解決してくれて、僕と香澄の付き合いは相変わらず続いていた。

僕はワトソンのマスターに相談し、浪人生活をしながらバイトをすることに決めた。

それぞれが新たな一歩を踏み出す春はもうすぐだった。

「これからも変わらずよろしくな」

後輩《こうはい》たちにもみくちゃにされたのか、制服のボタンをほとんどなくした健太に声をかけられた。

「お前は勉強がんばれよな」

医学部は入ってからが大変だと聞く。

僕にかまう暇などなくなるだろう。

そう思っていた。

「お前がどう思っていようと、俺《おれ》はこれからもお前と遊ぶつもりだからな」

健太はそう言うと、握りこぶしを突き出した。

なんだ？

男同士の挨拶みたいなもんか？

こぶしを合わせるなんて今までしたこともないし、そもそもケンカとは無縁なのになんだよ。

僕は正直戸惑っていた。

健太はもう一度こぶしを突き出して言った。

「手出せよ」

仕方なく同じようにこぶしを突き出す。

「違う違う。手のひら見せて」

健太は笑いながら言った。

言われた通り手を開く。

健太は僕の手のひらの上でこぶしを開いた。

ポトン。

何かが僕の手のひらに触れる。

見るとバスケットボールのキーホルダーだった。

「なんだよ、これ」

健太の気持ちが伝わってきて、僕は嬉《うれ》しいというより気恥ずかしかった。

「またバスケやろうぜ」

健太はそう言うと、ハイタッチを求めてきた。

仕方ない。

僕はきっとそんな顔をしていただろう。

ニヤリを笑って一緒にハイタッチをした。

「後で一緒に帰ろうな！」

健太はそう言うと、他《ほか》のクラスメイトに挨拶するために走っていった。

「恥ずかしい奴」

僕は小さく呟きながら、健太にもらったバスケットボールのキーホルダーを目の前にかざした。

「鈴木先輩!!!」

後輩の声が聞こえたので、僕は急いでキーホルダーを握り締め、誰《だれ》にも気づかれないように大事にポケットに仕舞った。


浪人生活は、ワトソンでのバイト生活だった。

僕は幸い学力で進学できなかったわけではなかったので、忘れないように塾で復習し、定期的に模試を受ける程度で、後は自由だった。

母のいない家に一人で一日いても気が滅入《めい》るだけだったから、バイトに精を出していた。

ワトソンには香澄もいた。

僕らは昔と同じように、二人で店を切り盛りしたり、マスターと三人で新しいメニューを考えたり、変わらない日々を過ごしていた。

その後は何事もなく受験を終え、一年遅く志望校へ入学したのだった。


大学へ進学すると、バイトに行く時間は少なくなっていった。

僕は高校時代に担任と相談した通り、教職一本ではなく、研究しながら教員免許も取得できる学校を選んでいた。

ずっと興味《きょうみ》のあった応用生物学部に進学した僕は、バイオテクノロジーのおもしろさにのめり込んだ。

研究はおもしろく、さらに教員免許を取るために必要な科目の単位を落とさぬよう、毎日朝から晩まで学校に通っていた。

当然香澄と会う時間も減り、会っていても会話が少なくなっていった。

ワトソンでパティシエとしてがんばる香澄の話は僕にとって徐々に興味がなくなっていったし、僕の研究の内容に香澄が話を合わせることは難しくなったからだった。

それでも、ぼくらは定期的にデートを重ねていたし、大きなケンカもしていなかった。

満足していたかどうかと尋ねられれば疑問が残るものの、決して不満だったわけでもなく、このままお互い支え合いながら過ごしていくんだろうと、僕は漠然と考えていた。

第12章

さよなら

街路樹《がいろじゅ》の葉がすっかり茶色《ちゃいろ》に染まり、徐々に秋へと季節が変化していることに、僕はちっとも気づいていなかった。

大学での勉強は思いのほか楽しく、充実した日々を過ごしていた。

来年から研究室に所属するため、どの教授の研究室に行くのかということで日々頭を悩ませていた。

それに加え、教員免許を取得するための勉強があったし、来年には教育実習にも行かなくてはいけない。

僕の生活は大学が中心になっていた。

「お疲れ様でしたー」

いつも通りワトソンのバイトを終えて、僕は店を出た。

大学に入ってから、徐々に勉強が忙しくなり、僕は基本的に土日のみのバイトに落ち着いていた。

香澄《かすみ》は相変わらず、毎日ワトソンでがんばっている。

僕らは昔と同じように、土日に仕事を終えると、その後ディナーデートをするのがお決まりのコースになっていた。

僕が先にバイトを終え、店の外で香澄を待つ。

すぐに出てくると思ったのに、今日《きょう》はかなりの時間待たされる羽目になった。

何度か店の中に呼びに行こうかと思ったのだが、仕事中だったら邪魔《じゃま》をしてしまうのではないか
と考え直し、僕は少し冷え始めた空気の中じっと香澄を待った。

20分くらい待っただろうか。

香澄が息を切らせて出てきた。

「ごめんね、翔平《しょうへい》くん。待たせちゃった……」

心なしか、香澄の顔が曇《くも》っているように感じた。

「マスターと何かあった？」

香澄の表情が暗いのは、マスターとケンカでもしたのではないか。

だからこんなに待たされたんだ。

僕は勝手にそう解釈していた。

「ううん。ごめん、大丈夫。さ、行こう」

香澄は僕の前を歩き始めた。

手を繋《つな》ごうと急いで追いかける。

こういう時、いつもの香澄なら僕の手を引いて歩き始めるはずだ。

やっぱり何かあったのかもしれない。

僕は香澄に追いつくと、その手をしっかり握《にぎ》り締《し》めた。

長い間外で待っていた僕の手は、すっかり冷たくなっていた。

そのせいか、香澄はビクッと一瞬《いっしゅん》体を震《ふる》わせた。


「あっ、この店……」

少し高そうな日本《にほん》料理の店。

確《たし》かマスターと香澄のお母《かあ》さんに教えてもらったんだっけ。

「懐《なつ》かしいね」

香澄は嬉《うれ》しそうというより、心なしか悲しそうなトーンで言った。

懐かしい……。

そう、この店は僕が香澄に告白した場所だ。

僕にとってはとても大切な場所だったたし、香澄にとってもそうなんじゃないかと勝手に思っていた。

今日、この店に来たということは、何か大事な話がしたいということなんだろうか。

いくら僕でも、それくらいは分かった。

そして、ワトソンからここまでの香澄の様子《ようす》を重ね合わせると、決して喜ばしい話ではなさそうだなと思った。

僕はそこまで考えると、急に足が重くなった。

その場から動きたくない。

野生動物の勘のような何かが僕の体を地面に縛《しば》りつけているようだった。

「入ろう」

香澄は一歩を踏み出せない僕の背中を押してお店に入っていった。

以前と同じ席に座る。

あれから6年……。

もうそんなに経《た》つのか……。

告白したその時のことを一気に思い出し、僕はこの場にいることが恥ずかしくなってきた。

思い出に浸《ひた》っている僕を尻目《しりめ》に、美味《おい》しそうな和食のフルコースがゆっくり運ばれてくる。

「美味しそう！」

香澄が料理を見て言った。

今日、僕と一緒《いっしょ》にいて一番嬉《うれ》しそうな声だった。

さっきまでは嫌《いや》な予感が心の中を支配していたのに、僕の気持ちはすっかり晴れてしまった。

「いただきます！」

僕と香澄は声を合わせて言うと、一つずつ丁寧《ていねい》に箸《はし》をつけ始めた。

幸せな時間が過ぎていく。

料理について少し言葉を交わすだけで、お互いに美味しさを無言で堪能《たんのう》していた。

デザートが運ばれてくる頃には、僕らのお腹《なか》はこれ以上ないくらいに満たされていた。

「もうお腹いっぱいで入らないよ」

僕はデザートの抹茶《まっちゃ》パフェを目の前に、白旗を上げようとしていた。

香澄は少し悩んでいたが、スプーンを取り一口食べて言った。

「翔平くん。大事な話があるの」

来た。

やっぱりそうだったんだ。

すっかり気持ちが和《やわ》らいでいた僕は、鋭《するど》い刃物で突き刺されたような痛みを胸に感じた。

「うん……」

この店に足を踏み入れた時の気持ちが一気に蘇《よみがえ》る。

「あのね。私、この前パティシエのコンテストに出たんだ」

香澄の言葉に僕は驚《おどろ》いた。

そんなこと聞いていなかった。

毎週のようにこうして食事をしていたのに。

香澄は意図的に隠していたということだろうか。

僕は動揺を隠しきれなかった。

「そこでね。優勝《ゆうしょう》しちゃったの」

香澄は嬉しそうな、でも悲しそうな、そんな複雑な表情をしていた。

「えっ!? なんでそれ言ってくれなかったの？ すごい！ おめでとう！」

僕はその先に続く嫌な予感のする言葉を遮《さえぎ》りたくて、思いきり明るく祝福した。

僕の顔はちゃんと笑えているだろうか。

少し自信がなかった。

「ありがとう。翔平くん」

香澄はそう言うと、もう一口パフェを食べた。

落ち着こうとしているのが手に取るように分かった。

「それでね、フランスに留学することが決まったの」

僕は香澄の言葉を、頭の中で復唱した。

「フランスに留学……」

意味を理解するまでにしばらく時間がかかった。

香澄は僕が言葉を発するまで、何も言わずじっと待っていた。

「えっと、香澄がフランスに行く……ってこと？」

当たり前すぎることを聞き直す。

香澄は小さく頷《うなず》いた。

「だからね、翔平くん。今日でお別れしよう」

続けて出た言葉に、僕は一瞬頭の中が真っ白になった。

えっと?

香澄がフランスに留学することになって、それで僕らが別れるってことか。

そうか。

超遠距離《ちょうえんきょり》だしな。

「……どれくらい行くの?」

僕は香澄の言葉を無視して質問をした。

聞いていないわけじゃない。

でも、留学するからって絶対別れなくちゃいけないことはないはずだ。

僕はそう思っていた。

「3年……」

香澄の曖昧《あいまい》な答えに、僕は頭の中が整理《せいり》しきれなかった。

つい思ったことを口にする。

「だからって、別れるなんて簡単《かんたん》に言うなよ。俺は待てるよ」

3年待てるなんて、正直どこからそんな自信が湧《わ》いてくるのか分からなかった。

ただ、香澄と別れたくないと思う気持ちがそう言わせただけなのかもしれない。

「でも、3年で戻ってくる保証はないし…」

香澄は別れたいのだろうか。

それとも別れたくないのだろうか。

まだ本心がハッキリと摑めずにいた僕は、この最悪の状況をなんとか打破できないものかと、口を挟んだ。

「待てるかどうかはやってみないと分からないよ。

今じゃなくて、待てなくなってから……じゃダメなのかな」

香澄の心に僕の気持ちは届くのだろうか。

普段《ふだん》は信じてもいない神様に、この時だけは祈るような気持ちだった。

しかし、その願《ねが》いは通じなかった。

香澄は首を横に振った。

「ごめんね。翔平くん。私たち、もう無理だと思う」

そこからの僕は、もう何も言い返せなくなっていた。

香澄は言った。

いつからか、徐々に気持ちがすれ違っていった気がしていた。

特に僕のこの6年は母の死、浪人、大学入学と、人生が目まぐるしく変わっていった。

その間に、少しずつズレ始めた二人《ふたり》の気持ちを、お互い誤魔化《ごまか》してここまで来たんじゃないかとずっと思っていたとのことだった。

人は環境《かんきょう》が変われば気持ちも変わるものだと香澄は言った。

「よく、学生時代のカップルが進学で別々になると別れちゃうことってあるでしょ。あれって新しい環境に慣《な》れるためにちょっとずつそれぞれが変わっていった結果だと思うの」

香澄に言わせれば、僕は高校時代からずいぶん変わったという。

「翔平くんのお母さんが亡くなって以来、なんとなく心に壁《かべ》ができたように感じたの」

香澄は言った。

思い返してみると、母の死の時、香澄のことを少し疎《うと》ましく思っていた。

感情を爆発《ばくはつ》させられる香澄を見るたびに、それができない自分が嫌になっていった。

母を失ったことで、僕の本心はまたどこかに隠れてしまったような、そんな感覚を味わったのを僕は思い出した。

「大学に入ってからの翔平くんは、大学が楽しくて仕方がないって感じだったよ」

香澄は少し苦しそうな表情で言った。

「翔平くんが楽しそうに大学の話をするたびに、私の知らない翔平くんがそこにいるんだって疎外感を覚えてしまってた。

そんなはずないってどんなに否定しても、もしかしたら私よりも若くて可愛《かわい》い女の子が翔平くんの傍にいつもいるんじゃないかって、そんなことばかり考えてた。

それを強く否定するだけの自信が私にはなかった」

香澄の絞り出すような言葉を、僕は一字一句聞《き》き逃《のが》すまいと神経を集中させていた。

香澄はずっと、この苦しい想《おも》いを心に秘めたまま、僕と毎週会っていたのだ。

そう考えると、今まで何故《なぜ》言ってくれなかったのかという気持ちと、もっと香澄のことを思いやるべきだったという後悔の気持ちが湧き上がってきた。

「ごめん。ずっと寂しい想いをさせてたんだね……」

しばらく香澄の話を聞き、これまでのことを思い返してみると、僕に言えることはこれくらいしかなかった。

香澄は俯《うつむ》いたまま何も言わない。

僕はごくりと唾《つば》を飲み込むと、責めるような口調《くちょう》にならぬよう注意しながら言った。

「香澄がパティシエのコンテストに出たってこと、僕に言わなかったのはなんで？」

香澄はハッとした顔で僕を見た。

少し目が潤《うる》んでいる。

「言わなくてごめんね……。

コンテストで優勝できたら、パティシエとしての夢を追いかけよう。

もしダメだったら、翔平くんとの将来をちゃんと話し合おうって思ってた」

言いながら香澄は涙をこぼした。
僕には香澄の気持ちが痛いほど分かった。
香澄は神様に賭《か》けを挑んだのだ。
自分の夢と、僕と一緒にいる未来。
どちらも自分で選べなかった香澄は、神様にその選択を迫っていたのだ。
そしてパティシエの夢を追いかけるという答えが出た。
だから、その答えに従う決心をして、これまでの全てのものを捨てるつもりなんだ。
僕はそう理解した。
「そっか……」
僕はそう言うと、カバンにつけたバスケットボールのキーホルダーをそっと握った。
健太《けんた》。
僕に力を貸してくれ。
そう願いを込めて。
「夢、叶《かな》うといいな。
支えてあげられないけど、遠くから応援してるから。
がんばって。それと……」
僕は言葉を切ると、ぐっと歯を食いしばった。

キーホルダーを握り締める手に力が入る。

「香澄、今までありがとう。別れよう」

なんとか声を詰まらせることなく言えたと思う。

消え入りそうな声で言った僕の言葉に、香澄は俯《うつむ》いたまま声を殺して泣いていた。

僕は立ち上がり、香澄に近寄ってしゃがみ込むと、さっきまでキーホルダーを握っていた手を香澄の手に乗せた。

できる限り優《やさ》しく包み込むように手を握る。

「がんばろう」

そう言うと、香澄は僕の目を見て涙を流しながら小さく頷いた。

「翔平くん、ごめん……」

香澄の言葉を遮るように、僕は香澄の手を抱き締め、ゆっくりと放《はな》した。

「行こう」

僕は香澄を促し、会計を済ませて外へ出た。

ゆっくりと駅に向かって歩く。

手を握っていいのか迷ったが、別れたのだからそれはダメなんだろうと思い、手を繋ぐことなく並んで歩いた。

それだけで、別れたことを実感し、急に寂しくなった。

香澄をいつも通り家まで送ろうとしたが、香澄に断られてしまった。

駅の改札を抜けると、僕らは階段の手前で足を止めた。

「ここで……」

香澄が言った。

僕はやっぱり別れたくないと言いたい気持ちをなんとか抑えて、無理矢理《むりやり》笑顔《えがお》を作って言った。

「じゃあ、また……」

気の利いた言葉は出てこなかった。

香澄は俯きながら頷くと、僕の顔を見ずに階段を上ろうと歩き出した。

「あっ、ねえ」

つい呼び止める。

香澄は立ち止まって振り向いた。

泣きはらした顔を見ると、今すぐ抱き締めたいと思ってしまう。

「ワトソン……。まだ行くの？」

僕の問いに、香澄は小さく頷いた。

「来週の金曜日で終わりにするっておじさんと話してきた」

食事に行く前にしばらく待たされたのは、そのせいだったのか。

「来週って……。急だな……。マスター大丈夫なのかな……」

僕が呟《つぶや》くように言うと、香澄は小さく頷《うなず》いた。
「だいぶ前から話してたから……。来週の土日は新しい人が来るはずよ」
そんなこと僕は全く知らなかった。
マスターからも聞いていない。
もしかしたら、香澄はずっとマスターに相談《そうだん》していたのかもしれない。
僕は一人《ひとり》蚊帳《かや》の外だったことが悔しかった。
「じゃあもうワトソンでは会えないのか……」
独り言を呟くように言うと、香澄は悲しそうな顔をして僕を見ていた。
そう、香澄にとって今日が僕との最後のワトソンだったんだ。
だから今日別れを切り出した。
今日一日のことが頭の中を駆け巡った。
なんで僕はあの一瞬一瞬を大切にしておかなかったのか。
こうなることを予想していなかったとは言え、後悔ばかりが心の中を支配していった。
「いつ……いつフランスに？」
ほんの少しでもいい。
香澄と一緒にいる時間を引き延ばしたかった。
それだけのために口から出た言葉だったが、自分の言葉に我に返った。

香澄の留学については何も聞いていなかった。

せめて。

せめて見送りに行きたい。

そう思った。

「今月末には……」

もう本当にすぐなんだと実感した。

「いつ？　もし迷惑じゃなければ見送りに行きたいんだけど……」

香澄は迷っているようだった。

僕はなんとかダメ押しができないか考えた。

とにかく何か言わなくては……。

「あっ、ほら、健太も最後に香澄に会いたいと思うし、二人で見送りに行くよ」

僕は努めて明るく言った。

彼氏としてではなく、友人としてでもいい。

ちゃんと旅立つ香澄の背中を見送りたかった。

香澄は健太の名前を聞いてハッとしたようだった。

それからまた少しの間悩んだ後、香澄は言った。

「じゃあ今度メールする」

香澄は、にっこり笑って続けた。

「翔平くん、ありがとう。それじゃ」

今度は振り返ることなく、階段を上っていった。

僕はその後姿を見えなくなるまで眺めていた。


その日は簡単にやってきた。

健太には香澄と別れたその日に全てを話した。

空港の見送りは僕だけで行くべきだと健太は主張したが、なんとか頼み込んで一緒に来てもらうことができた。

「ほんとに俺《おれ》がいていいのかよ」

健太は不本意な顔をしていた。

僕は笑って言った。

「お前も最後に会っておきたいだろ？」

その言葉に、健太は渋い顔をしながら頷いた。

二人で広い空港内をゆっくり歩く。

そこはあまりにも非日常的すぎて、現実味がまるでなかった。

出発ロビーで香澄を捜す。

見覚えのある二人がすぐに見つかった。

マスターと香澄だ。

他《ほか》にご両親もいるようだった。

「香澄……」

僕が呼びかけると、マスターと香澄が振り向いた。

「鈴木《すずき》くん！」

マスターは僕らが別れていることを知っているはずだ。

だから僕がここに来るとは思っていなかったのだろう。

驚いた顔をしていた。

「初めまして、鈴木と言います。香澄さんとはワトソンで一緒にバイトさせていただいていました……」

僕は一応香澄のご両親に頭を下げた。

ついで健太も自己紹介する。

別れてから初めて挨拶《あいさつ》するなんて、なんだかおかしな感じだった。

香澄のご両親は、にこやかに僕の挨拶を受け取ってくれた。

「聞いていますよ。香澄が今までお世話になりました」

お母さんが言った。

何をどう聞いているのか気になったが、この場で誰《だれ》かに聞くわけにもいかず、僕は曖昧な表情で会釈を返した。

マスターがご両親と話し始めたので、僕らは香澄と少し話すことができた。

「香澄さん、本当に行っちゃうんですね……」

健太が名残惜《なごりお》しそうに言った。

僕はしばらく健太と香澄が話しているのをボーっと眺めていた。

香澄と別れて半月ほど経つが、まだなんだか実感が湧かなかった。

正直、今日空港に来てもやっぱり香澄は傍《そば》にいるような、そんな気がしていた。

これが未練というものなのだろうか。

僕は香澄がいなくなるのが嫌だという感情すら、自分の心の中にあるのかよく分からなくなっていた。

「おい、翔平」

健太に声をかけられ、ハッと我に返る。

いつの間にか、考え事にふけっていたようだった。

「翔平くん、来てくれてありがとう」

香澄が僕に近寄った。

あの日の泣きはらした顔とは違い、今日は晴れやかな表情だった。

「無理矢理《むりやり》来ちゃってごめん」

僕が謝《あやま》ると、香澄は笑顔で頭を振った。

「これ、翔平くんに」

香澄が僕の手に小さな紙袋を乗せた。

「えっ、あっ、ごめん、俺何も持ってきてなくて……」

見送りに来るんだから餞別《せんべつ》の一つくらい用意すべきだったはずなのに、そこまで気が回らなかった。

香澄は僕と健太が平謝りするのを笑って止めた。

「大学生の男の子たちがそんな物用意してたら、逆にビックリするよ!」

その言葉に、つい納得しそうになり、僕も健太も照れながら笑った。

「これ……。開けていいのかな?」

僕が香澄に聞くと、すぐに香澄が答えた。

「それは……家に帰ってから開けて欲しい」

いつもはおっとりしている香澄の反応があまりに素早《すばや》くて、僕はビックリしてしまった。

それほどまでに今開けて欲しくないということなんだろうか。

何が入っているのか少し気になったものの、香澄との約束はちゃんと守りたいと思い、僕は紙袋を大切に手に握り締めた。

「俺、ちょっとトイレ」

健太はそう突然宣言すると、あっという間にこの場を離れた。

僕の後ろを通る時、健太は肩を叩《たた》いて言った。

わざと二人きりにしてくれたようだ。

マスターも分かっているのか、ご両親を連れて少し離れたベンチに座って話していた。

「香澄……あの……」

僕は今日まで香澄に何を言えばいいかずっと考えていた。

それでも、いざこの場になると口がうまく動かない。

どうしよう。

焦っていると、香澄が先に口を開いた。

「翔平くん、勉強がんばってね」

香澄の言葉にふっと笑いがこぼれる。

まるで母親みたいだからだ。

「香澄のほうこそ、パティシエがんばって」

僕は一生懸命《いっしょうけんめい》考えてきたことをちゃんと伝えようと、大きく息を吸い込んだ。

「香澄。ほんとに今までいろいろありがとう。

別れたあの日に言われたこと、ずっと考えてたんだ。

俺たちの気持ちがすれ違ってしまったことは香澄の言う通りだと思う。

実は、母さんが死んだ時、泣いている香澄が憎らしかった。

俺自身は泣くことすらできなかったから。

本当は、あの時香澄に甘えればよかったんだ。

泣きたい、辛《つら》いって叫べばよかった。

でも、俺にはできなかった。

それは、きっと香澄に対する嫉妬《しっと》があったからだと思うんだ」

言葉を切った僕を、香澄は不思議《ふしぎ》そうな顔をして見ていた。

嫉妬という意味が分からなかったのだと思う。

僕はもう一度ゆっくり息を整《ととの》えて言った。

「俺の父《とう》さん、子供の時に事故で亡くなってるだろ?

その事故のせいで親戚《しんせき》とは縁《えん》を切ってるんだ。

だから、母さんが亡くなった時、僕は一人ぼっちになってしまったんだ。

香澄には両親もマスターもいる。

そんな恵まれた香澄に俺の気持ちが分かるはずないって思ってしまった。

両親が揃《そろ》ってるくせに、俺の母さんが死んだくらいで泣くなよって、勝手にそう思ってたんだと思う。

ごめん。

香澄は何も悪くなかったんだ。

俺が卑屈《ひくつ》で醜《みにく》かっただけ。

ほんとにごめん」

僕はそこまで言うと、香澄に向かって頭を下げた。

今まで自分自身の醜い部分から目を背けて生きてきた。

香澄に対する嫉妬を改めて理解することも、こうして言葉にすることも、僕にとってはとてつもなく苦痛だった。

それでも、最後にちゃんと伝えなくちゃいけないと思っていた。

「俺が言えることじゃないかもしれないけど、香澄のことを幸せにしてくれる人に出会えることを願ってるよ」

僕の言葉に、香澄の目が潤んでいた。

傷つけてしまっただろうか。

僕は少し不安になった。

すると、目に涙を浮かべながら、香澄は笑顔で僕に向き直った。

「翔平くん。

正直に話してくれてありがとう。

なんとなく心のどこかに引っかかってたことが、今一気になくなった気がしたよ。

私のほうこそ気づかなくてごめんね。

お母さんが亡くなって、一番辛くて悲しいのは翔平くんのはずなのに、自分ばかり悲劇《ひげき》に浸っていた気がする」

香澄はそう言うと、少し険しい顔をして言った。

「いつか翔平くんのお母さんに会いに行っていいかな。

お母さんに翔平くんのこと頼まれてたのに……。

私には、きっと翔平くんの心の深い傷を理解してあげることはできないんだと思う。

ごめんね。

翔平くんのその傷を理解して共感できる人にいつか出会えるように私も願ってる」

僕の目には、じわじわと涙が浮かんできていた。

瞬《まばた》きをするとポロリとこぼれる。

「そんな人、いるかなぁ」

僕は笑い泣きしながらふざけて言った。

香澄も頰《ほお》を涙で濡《ぬ》らしながら笑って「きっといるよ」と言った。

僕が自分の手で幸せにしたいと願った人。

僕にはもうどうすることもできないけれど、必ず幸せになってほしいと願ってやまなかった。

「これで最後だからさ、抱き締めていいかな」

僕は無理を承知で聞いてみた。

香澄は少し困った顔をした後、僕の両手を握り締めて、小さく頷いた。

繋いだ手をぐっと引き、僕はゆっくり香澄を抱き締めた。

「いってらっしゃい。元気で」

僕は耳元でそっと囁《ささや》いた。

「ずっと大好きだったよ」

香澄は僕の胸に顔を押しつけて泣き始めた。

しばらくして、少し泣き止《や》んだ香澄は、僕の胸からゆっくり離れた。

「翔平くん。今までありがとう。私も大好きだったよ」

そう言うと、握っていた両手を放して言った。

「さよなら」


健太と一緒に見上げた空は真《ま》っ青《さお》だった。

白い機体《きたい》が大きな音を立てて飛び立っていく。

僕の一番大切だった人は、遥《はる》か遠くの国へ飛び立っていってしまった。

僕は、きっと一生この景色《けしき》を忘れることはないだろう。

【エピローグ】

今日《きょう》は健太《けんた》が僕の家に来ていた。

健太は意外にも医学生として結構がんばってるらしい。

僕も大学4年になり、無事行きたい研究室に所属して、毎日研究に励んでいた。

「教師になるつもりはないけど、免許取るためには行かなきゃいけなくてさ」

僕は酒のつまみを用意しながら健太に話した。

来週から教育実習に行くことが決まっている。

ただ、まだ研究室に所属して2か月ということもあり、2週間も大学を離《はな》れるのは不安でしかなかった。

それでも、亡き母の願《ねが》いである教員免許の取得だけはどうしても達成したかったので、渋々教育実習に行く準備をしていたのだ。

「でもさ、ぴっちぴちの高校生たちなんだろ？　可愛《かわい》い子いるかもよー」

「教育実習か」

香澄《かすみ》と別れてから、健太は女性関係の話を僕にしてこなかった。

それだけに、健太の発言には少し驚《おどろ》いたが、別れて半年経《た》つし、そろそろ前を向けという健太なりの励ましなんだろうと思うことにした。

「でも俺《おれ》はもう恋愛するつもりもないし、そもそも恋愛に興味《きょうみ》はないからな」

僕の言葉に、健太は不満をもらしながら酒を口に運んだ。

僕はつまみに作った鶏肉《とりにく》のおろしポン酢和《あ》えを手に、健太の隣《となり》に座った。

目の前には1冊の本とマスターにもらったガムランボールが飾ってある。

香澄が、あの日最後に手渡してくれた物だ。

僕と香澄が仲良くなるきっかけを作ってくれた1冊。

母と共に旅立ったあの本だ。

実は春先に香澄からポストカードが届いていたのだが、なんとなく健太に見せづらくてその本に挟んで置いてある。

この本が飾ったままということは、自覚《じかく》はないもののまだ僕は香澄に対して未練があるのかもしれない。

僕は香澄のことを頭から追いやり、来週から始まる教育実習を思ってため息をついた。

おしまい

そして物語は舞台を移す

――先程起きた旅客機墜落事故について――
速報！
旅客機墜落
原因は調査中とのこと
生存者は見つかっていない様子で……
おい！いたぞ！

生存者！
生存者がいた模様です！

下めぐみ
墜落の原因とは

めぐみちゃん
コクッ
先生を描いて
くれてるのかな
見てもいい?
うん…

……
二人…？
このCって描いてる人は
誰なのかな？
だれ…？
せんせい
って
ふたり
いるでしょ？

教育実習へ向かう鈴木翔平は、
実習先で一人の女の子と出会う。
彼女の名前は宮下めぐみ。
翔平の父を奪った飛行機事故の
唯一の生存者だ。
あることをきっかけに二人は
接近し始めるが、お互いに誰にも
言えない秘密を抱えていた…!?

忘れないで
君の中に
本当の僕がいる
小説の続きが漫画で読める!!
シリョクケンサ
Shiryoku Kensa
電撃コミックスNEXT
(毎月10日・27日発売)
原案:40mP　ストーリー構成:シャノ
作画:たま　監修:株式会社インターネット
発行:株式会社KADOKAWA　アスキー・メディアワークス
コミックス第①巻発売中!!
第②巻は2015年3月27日発売予定!!
©INTERNET Co., Ltd.

おかけしました(>~<;)

それでも、二人の子を育てながら書き上げることが出来、とてもうれしい気持ちで一杯です。

マンガシショクケンサはまだまだ続いていきます。
鈴木先生と、めぐみの新たな恋の行方にやきもきしながら読んでもらえるとイイナと思っています。

最後に、いつも育児を手伝ってくれる母さん、忙しい中挿し絵を描いてくれたたまちゃん、いつも私を振り回し、そして癒してくれる息子たち、本当にありがとう。
これからもがんばりますので、よろしくお願いします！

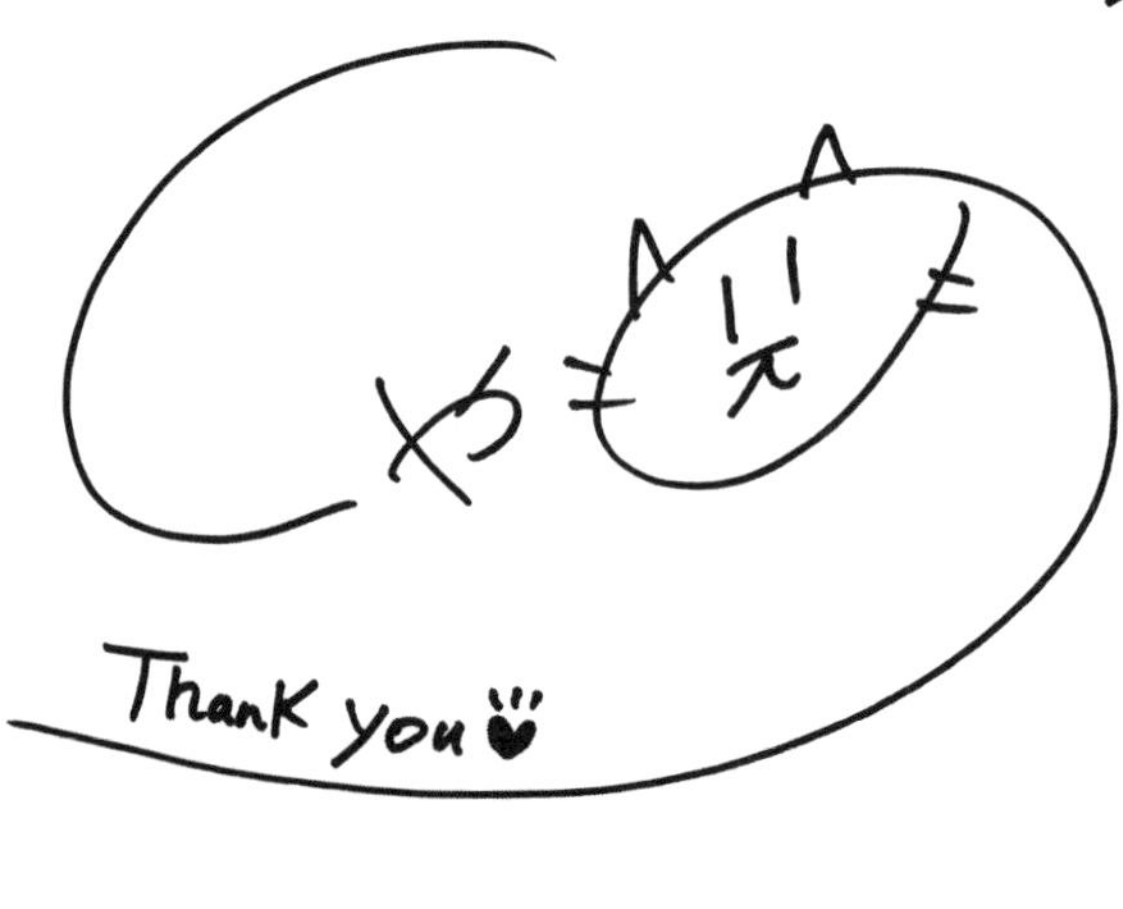

この本を手に取って下さった皆様

このたびは、小説・シリョクケンサ ～僕の歩んできた道～を
お手に取って下さり、本当にありがとうございました。
たのしんで頂けていたら幸いです。

今回、マンガシリョクケンサの鈴木先生の過去というテーマで
書いたのですが、正直最初はいろいろと悩みました。
マンガを執筆しながら、過去についてはそれなりに考え
てありましたが、何しろ暗い話ばかりで…。
読んでいておもしろいと思ってもらえるのか不安しかありません
でした。
結局、恋愛、友情、家族愛と盛り込むことで、読みごたえ
のある1冊になったのではないかな？と思っています。

実は、この小説は約1年前に完成している予定でした。
それが執筆の途中で二人目の妊娠、出産が重なって
しまい、一年越しにようやく形になりました。
その節は編集さん、他関係者の皆様にご迷惑を

小説『シリョクケンサ－僕が歩んできた道－』
をお買い上げいただき、誠にありがとう
ございます。
楽曲のPVを公開した当初から
鈴木先生の人気は高く、黄色いコメント
が飛びかっていて、「こいつはやりよる…」
と思っていましたが、まさかこうして
主人公として物語が描かれることに
なるとは…！
何はともあれ、シャノさん 小説家デビュー
おめでとうございます！
皆さま、これからも『シリョクケンサ』
をどうぞよろしくお願いします。 40mP

小説『シリョクケンサ』
お買い上げありがとうございます！
鈴木先生
←10m→

こんにちは、たまです。
最初は名前もちゃんとした設定も
まともにない状態だった先生。
鈴木翔平という名が付き
過去の話が出来、漫画につながり
人生一体何があるかわかりませんね。
鈴木に生を宿して下さった
シャノさん、本当にありがとうございます。
そして、おつかれさまでした!!

漫画だけでなく小説でも
絵を描かせていただきありがとうございました。
楽しかったです。

それではまたシリョクケンサでお会いしましょう!!

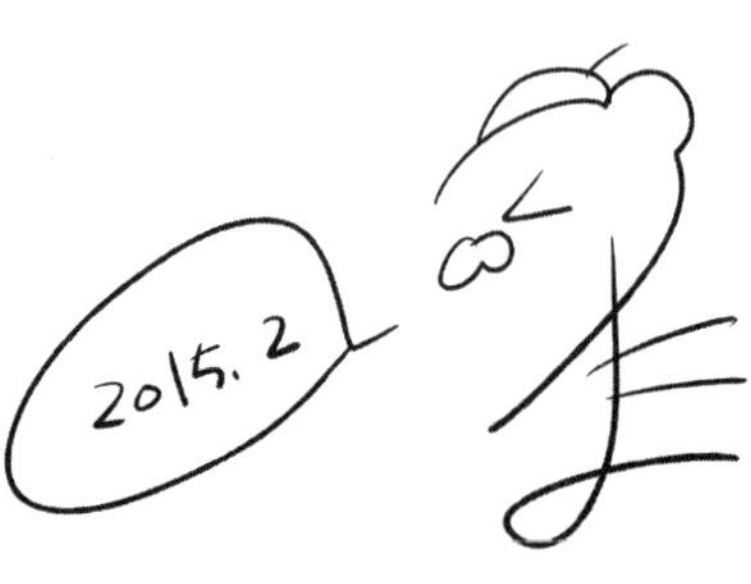

中学くらいの
鈴木。

小説・シリョクケンサ -僕が歩んできた道-

2015年2月14日　初版発行

原案　40mP
著　シャノ
イラスト　たま

発行者　塚田正晃
発行　株式会社KADOKAWA
〒102-8177　東京都千代田区富士見2-13-3

プロデュース　アスキー・メディアワークス
〒102-8584　東京都千代田区富士見1-8-19
電話　03-5216-8387（編集）
電話　03-3238-1854（営業）

装丁・デザイン　BALCOLONY.
印刷・製本　株式会社 暁印刷

小社ホームページ　http://www.kadokawa.co.jp/

ISBN978-4-04-869223-6 C0093 ©2015 40mP ©2015 Chano ©2015 Tama
Printed in Japan